Jacques Berndorf
Der Monat vor dem Mord

Vom Autor bisher bei KBV erschienen:

»Mords-Eifel« (Hg.)
»Der letzte Agent«
»Requiem für einen Henker«
»Der Bär«
»Tatort Eifel« (Hg.)
»Mond über der Eifel«

Jacques Berndorf ist das Pseudonym des 1936 in Duisburg geborenen Journalisten, Sachbuch- und Romanautors Michael Preute. Sein erster Eifel-Krimi, »Eifel-Blues«, erschien 1989. In den Folgejahren entwickelte sich daraus eine deutschlandweit überaus populäre Romanserie mit Berndorfs Hauptfigur, dem Journalisten Siggi Baumeister. Dessen bislang jüngster Fall, »Mond über der Eifel«, erschien 2008 als Originalausgabe bei KBV.

Berndorf setzte mit seinen Romanen nicht nur die Eifel auf die bundesweite Krimi-Landkarte, er avancierte auch zum erfolgreichsten deutschen Kriminalschriftsteller mit mehrfacher Millionen-Auflage. Sein Roman »Eifel-Schnee« wurde im Jahr 2000 für das ZDF verfilmt. Drei Jahre später erhielt er vom »Syndikat«, der Vereinigung deutschsprachiger Krimi-Autoren, den »Ehren-Glauser« für sein Lebenswerk. Dazu zählt mittlerweile auch der erfolgreiche Agenten-Thriller »Ein guter Mann« (2005), dessen Verfilmungsrechte von Regisseur Detlev Buck erworben wurden.

Von Jacques Berndorf sind bei KBV die Siggi-Baumeister-Krimis »Der letzte Agent«, »Requiem für einen Henker« und »Der Bär« erschienen. Außerdem ist er Herausgeber der KBV-Kurzkrimisammlungen »Mords-Eifel« und »Tatort Eifel«.

Jacques Berndorf

Der Monat vor dem Mord

© 2009 KBV Verlags- und Mediengesellschaft mbH, Hillesheim
www.kbv-verlag.de
E-Mail: info@kbv-verlag.de
Telefon: 0 65 93 - 99 86 68
Fax: 0 65 93 - 99 87 01
Umschlagillustration: Ralf Kramp
Satz: Volker Maria Neumann, Köln
Druck: GEmediaprint, Eupen
www.gemediaprint.com
Printed in Belgium
ISBN 978-3-940077-52-3

Ein Wort vorab ...

Dies ist ein Manuskript aus dem Jahr 1972, geschrieben für den *Stern*, der damals noch – Woche um Woche – einen Roman veröffentlichte (»Fortsetzung folgt«). Der *Stern* war es auch, der damals schon die Kriminalromane eines Mannes namens Hans-Jörg Martin veröffentlichte, dem man heute zweifelsfrei zuschreibt, dem deutschen Krimi der entscheidende Mentor gewesen zu sein. Und dieser Mann rief mich an und sagte: »Das haben Sie wunderbar gemacht, Junge!« Ich schwamm in Seligkeiten.

Die Geschichte dieses Stoffes ist ein Stoff für sich. Ich verbrachte den Sommer mit meiner Familie im Tessin, als mein Agent Josef von Ferenczy anrief und sagte: »Du musst morgen in München sein, der Stellvertretende Chefredakteur wird einfliegen!«

Da hockten wir dann bei einem Frühstück im Bayerischen Hof, und Chefredakteur Victor Schuller erklärte, er wolle eine deutsche Familie geschildert haben, zeitnah, ohne Beschönigungen, ohne den rosafarbenen Filter, einfach so, einfach brutal. Ich kehrte ins Tessin zurück und begann zu schreiben. Der Stoff erregte damals viel Aufsehen. Jetzt liegt er zum ersten Mal in zusammenhängender Form gedruckt vor. Es ist ein echtes Zeitdokument, und ich würde heute kein Wort daran ändern wollen.

Jacques Berndorf

1. Kapitel

Das war absolut nichts Besonderes, geschweige denn irgendetwas ganz Ausgefallenes. Gegen elf Uhr klingelte Horstmanns Telefon, ein Mädchen sagte: »Doktor Horstmann! In einer halben Stunde beim Chef.«

»Gut«, sagte Horstmann.

Es war wirklich nichts Besonderes. Er hatte sich nichts vorzuwerfen, seine Leistungen waren gleichbleibend überdurchschnittlich, und niemand würde beim Chef gegen ihn sprechen. Das war ziemlich sicher, denn er verhielt sich zu allen Leuten so, wie man es einfach mit »nett und bescheiden« beschreibt. Er war ein großer, dunkelhaariger Mann, der niemals in Intrigen verwickelt war, und von dem alle Welt glaubte, er könne nur in chemischen Formeln denken.

Er hockte sich zwischen zwei Tische, auf denen die für die Chemie so seltsam geformten Glasbehälter standen, und rauchte eine Zigarette mit sehr schwarzem Tabak. Er musste sofort husten.

Trotzdem rauchte er diese Zigaretten. Er erinnerte sich matt daran, dass ein ihm bekannter Professor einmal gesagt hatte: »Es ist ganz typisch für bestimmte Linksintellektuelle, dass sie zwar gelegentlich Haschisch probieren, meist aber schwarze französische Zigaretten rauchen. Sie lassen sich diese Zigaretten ›aufdrücken‹, wie eine besondere Sorte ergiebiges Mastschwein einen Gütestempel auf den Hintern gedrückt bekommt.« Damals hatte Horstmann gelacht, aber gleichzeitig begonnen, seine Umwelt zu beobachten. Er hatte festgestellt, dass der Professor bei einer ganz bestimmten Gruppe im Betrieb sicherlich Recht hatte. Der Chef rauchte auch schwarze französische Zigaretten.

Ich müsste dringend eine Gehaltserhöhung haben, dachte er mechanisch, oder viel Geld auf einmal. Maria wird natürlich sagen, dass wir mehr Geld nicht brauchen, aber sie weiß nicht, wie sehr ich Bequemlichkeit liebe. Ich will meinen Rasenmäher nicht mehr schwitzend vor mir herschieben wie ein Kuli. Ich will, dass er kraft elektrischen Stromes leise surrend das Gras im Garten frisst. Dann will ich einen größeren Wagen haben und gelegentlich allein nach Wiesbaden fahren, um ein Spiel zu machen. Nicht hoch, aber auch nicht zu zaghaft.

Auf jeden Fall werde ich immer allein fahren. Ich kann zu Maria sagen, ich hätte zu arbeiten oder dergleichen. Allein zu fahren, ist sehr wichtig für mich.

Du lieber Gott im Himmel, ich möchte wissen, wieso ich auf die Idee gekommen bin, diese Frau zu heiraten und zwei Kinder mit ihr zu haben. Es macht keine Freude, mit ihr im Bett zu sein. Es ist eine stinklangweilige Prozedur, und ich kann nicht einmal erwarten, hinterher erleichtert zu sein. Glücklich bin ich auch nie dabei. Und sie liegt da und hat sich abgemüht, und manchmal weint sie.

Er warf die Zigarette in einen Eimer, in dem Wasser stand. Einen Augenblick lang war er amüsiert darüber, dass er so etwas dachte. Alle Welt regte sich auf, dem Sexus sei ein viel zu großes Stück der Partitur des Lebens eingeräumt worden. Dann zündete er sich eine neue Zigarette an und dachte: Trotzdem ist etwas daran. Der Mensch hat sich ein wenig befreit von denen, die man Pharisäer nennt,

Er stand auf und stellte sich an das Fenster. Das Laborgebäude lag unmittelbar an der Straße. Um diese Zeit war immer sehr viel Betrieb. Er achtete besonders auf die Mädchen mit langen Haaren und sehr kurzen Röcken, und er stellte sich die Frage, ob eine von ihnen vielleicht noch

Jungfrau war, und mit welchen Lügen sie durch das Leben gingen.

Es war eine feste Überzeugung von ihm, dass jeder Mensch mit Lügen durch sein Leben ging. Wie sahen die Lügen dieser Mädchen aus? Er hatte sich oft vorgestellt, ein solches Mädchen zur Geliebten zu haben und ihr monatlich ein Appartement zu zahlen. Wir würden es ziemlich toll miteinander treiben, dachte er, und wahrscheinlich würde ich Maria dann auch besser ertragen können. Aber es kann sein, dass diese Mädchen so was nicht mögen. Wenigstens nicht mit mir. Ich bin dreiundvierzig. Ich habe noch keinen Bauch, aber man sieht, dass ich dreiundvierzig bin. Ich müsste zugeben, dass ich einen achtzehnjährigen Sohn und eine siebzehnjährige Tochter habe. Ich müsste auch von meiner Frau erzählen. Aber das würde die ganze Sache bereits erheblich stören.

Wenn ich von Maria rede, bin ich wahrscheinlich impotent. Zwanzig Jahre lang habe ich gewartet, dass sie unter mir explodiert. Sie ist nie explodiert. Sie hat eigentlich nie etwas getan dabei. Wahrscheinlich werde ich also impotent sein, wenn ich von Maria rede.

Oder ich werde so eine Art Trotzeffekt durchleben und ein wildes Schwein sein. Und wenn dann so ein langhaariges Biest sagt: »Der ist pervers«, hätte ich einen Stempel auf der Arschbacke.

Diese Zeit ist verflucht kompliziert, außer vielleicht für eine gewisse Sorte von Politikern, die das heile Leben predigen, obwohl es so etwas gar nicht geben kann. Goethe hätte nicht schreiben können, wäre sein Leben heil gewesen. Und Michelangelo hätte niemals gemalt. Otto Hahn hätte kein Atom gespalten, und dieser von Braun keine Menschen zum Mond geschossen. Ihr Leben kann gar nicht heil gewesen sein. Irgendwo habe ich gelesen, dass große Ideen in Zeiten der Not geboren werden, niemals von Menschen mit fettem Bauch und unter Rülpsen.

Du lieber Himmel, es ist doch so. Aber wer will schon Sorgen haben? Die Politiker wollen, dass wir Sorgen haben. Und sie wollen es nur, um trösten zu können, um überhaupt etwas versprechen zu können. Dieser Henrichs zum Beispiel, dieser kleine miese Kaffer von den hiesigen Christlichen, das ist so ein Ferkel. Arrogant bis in die Dummheit. Wie hat er doch neulich gesagt? Man müsste sich solche Formulierungen aufschreiben. Ich glaube, es war so: Zum Wohle des Volkes treiben wir Opposition. Das Volk soll in einer gerechten Weise behandelt sein. Es kann nicht angehen, dass die Bundesregierung Millionen in Entwicklungsländer stopft und wir hier nicht genügend Altersheime bauen können. Dann machte dieser Henrichs einen Schlenker, einen sehr beliebten Schlenker: »Aber meine Partei hat in vielen Jahren in der Regierung bewiesen, dass wir imstande sind, eine gute Welt, eine Welt mit Zukunft aufzubauen.« So ähnlich war es gewesen.

Es gab viele Leute, die bereit waren, Männer wie Henrichs zu salben und zu ölen und zu sagen: Mit dem Mann da sind wir sicher. Und Henrichs würde ölig seiner Frau sagen: Die sind so ruhig im Land, dass sie nicht einmal merken, wenn Russland uns den Krieg erklärt oder wir eine Inflation bekommen. Dann werden sie ein bisschen meckern, aber ich werde ihnen sagen: »Seht her, das habt ihr von dieser Regierung! Und beim nächsten Mal wäre ich wieder dran. So ist das, meine Liebe.«

Horstmann warf die Zigarette in den Wassereimer und zog sich die Krawatte zurecht. Er war selbstkritisch genug, sich einzugestehen, dass er recht wirr und nicht sehr konsequent gedacht hatte.

Er schloss die Tür seines Labors ab und ging schnell den vollkommen mit Fliesen ausgelegten Korridor mit den eingeschobenen stählernen Feuertüren hinunter.

Im Konferenzzimmer waren die übrigen zehn schon um den Chef versammelt. Auch Ocker war da. Er hatte wie üblich einen Stuhl für Horstmann freigehalten und flüsterte: »Rauch nicht, der Alte hat einen Kater.«

Horstmann nickte und setzte sich. Er schlug die Mappe auf, die er mitgebracht hatte, und konzentrierte sich auf seine letzten Ergebnisse in der Entwicklung eines von Barbituraten freien Schlafmittels.

»Die Forschungsabteilung ist beisammen«, sagte der Chef. Er hatte ein vollkommen nichtssagendes Gesicht. Er war Kaufmann, nicht Chemiker. Und er sagte niemals: »Wir haben uns hier versammelt« oder »Wir sind jetzt vollzählig«. Er sagte immer nur: »Die Forschungsabteilung ist beisammen.« Er sagte dies, seit er sich vor fünf Jahren ein Sommerhaus bei Oberammergau gekauft hatte.

Horstmann blickte hoch und sah die ihm vertrauten Gesichter. Er fand ihren Anblick fade, Sie trugen alle einen grauen Anzug, eine dunkle, ganz sanft quergestreifte Krawatte, und sie schwitzten alle. Wahrscheinlich waren die meisten von ihnen vorher in der Toilette gewesen und hatten sich irgendein Deodorant unter das Jackett gesprüht. Es war so ihre Art, sauber und keimfrei zu sein.

»Doktor Horstmann, wie weit sind Sie mit dem Mittel?«

Horstmann, der wegen seiner schweigsamen Freundlichkeit immer den Vorzug genoss, als Erster gehört zu werden, und der genau wusste, dass der Chef knappe und verständliche Informationen wollte, antwortete lapidar: »Über den rein chemischen Bereich hinaus habe ich die Tierversuche erfolgreich abgeschlossen. Ich habe Rhesusaffen verwendet.

Erfolg: hundert Prozent. Das Mittel ist frei für die klinische Erprobung.«

»Danke«, sagte der Chef. »Irgendwelche Vorsichtsmaßnahmen bei dem Mittel?«

»Keine«, sagte Horstmann. »Ich habe mich betrunken und eine vierfache Dosis genommen. Resultat vollkommen negativ. Keinerlei Beschwerden hinterher. Möglich, dass bei lebergeschädigten Patienten gewisse Entgiftungsvorgänge gestört werden. Aber das ist kein Problem.«

»Schön. Welche Vorteile?«

Horstmann räusperte sich. Er zündete sich eine Zigarette an und murmelte: »Entschuldigung, ich muss mich jetzt konzentrieren.«

Das klang durchaus nicht anmaßend in den Ohren seiner Kollegen, eher scheu und verlegen. Horstmann wirkte eben so.

»Na klar«, sagte der Chef gütig.

»Es ist wahrscheinlich«, begann Horstmann monoton, »dass wir mit diesem Mittel endlich ein brauchbares Schlafmittel auch für Kinder gefunden haben. Auf diese Idee hat mich übrigens Herr Ocker gebracht,« Horstmann fand es durchaus natürlich, Ocker zu loben. Er wusste, dass außer ihm niemand in diesem Raum ein Lob mit einem anderen teilen würde, aber Ocker war so etwas wie ein dienstbarer Geist für ihn. Wenn Horstmann Ocker lobte, konnte niemand Horstmann als einen Ehrgeizling, Egoisten und Karrieristen bezeichnen, Vermutlich machte er sich mit dieser Selbstlosigkeit sogar lächerlich, aber er wollte es so, denn seine Rechnung würde auf diese Weise glatt aufgehen.

»Hervorragend, die Herren«, sagte der Chef. »Ich werde gleich nach geeigneten Kliniken suchen lassen.«

Horstmann und Ocker versanken in vollkommene Interesselosigkeit, während die übrigen das Ergebnis ihrer

Arbeiten vortrugen, und ihre Stimmen dabei zuweilen hoch und beinahe schrill vor Aufregung wurden, um den Chef auf Sensationen vorzubereiten, die niemals Sensationen waren.

Spielen wir heute Abend Canasta?«, flüsterte Ocker. »Gretchen hat gesagt, es würde ihr passen. Passt es Maria?«

»Ich weiß nicht«, sagte Horstmann. Er hasste Canasta. »Ich kann gleich mal anrufen.«

»Das wäre fein«, murmelte Ocker.

Ocker ist verdammt clever, dachte Horstmann. Vielleicht kann ich ihn eines Tages dazu bringen, dass wir ohne die Frauen Urlaub machen. Wir suchen uns irgendwelche Mädchen an Ort und Stelle. Vielleicht geht das. In einem Hauch von Resignation kam die Erkenntnis, dass er eigentlich keine Freunde hatte. Nicht einmal einen einzigen. Die Leute aus der Studienzeit waren fortgewirbelt, die Verbindung, der er angehört hatte, lud ihn zwar regelmäßig ein, aber er ging nicht hin. Er wehrte sich verzweifelt dagegen, Mitglied eines Vereins zu sein. Und Ocker war ihm einfach zu clever, zu faul und zu ordinär, um ein wirklicher Freund zu sein. Ocker war phantasielos und ernährte sich mehr oder weniger von schmutzigen Witzen und Pornographie. Ocker litt darunter, dass er keinen Doktortitel besaß, und er half sich eben über die Runden, so gut es ging. Aber clever war er. Möglichst viel Geld für möglichst wenig Arbeit!

Plötzlich war da nicht mehr das Spiel von Frage und Antwort zwischen dem Mann am Kopfende des Tisches und einem der Chemiker.

»Meine Herren, ich wollte nicht nur Ihre Zwischenergebnisse hören, sondern gleich einen neuen Auftrag erteilen. Bachmann, holen Sie mal bitte den Glaskasten aus dem Kühlraum.« Es gab ein wenig Gescharre, die meisten spielten völlig unangebrachtes Interesse vor, als würde der Mann am

Kopfende des Tisches gleich einen zirzensischen Akt von hohen Schwierigkeitsgraden vollbringen. Es war immer dasselbe.

Der Junge namens Bachmann, der sein Praktikum machen wollte, brachte einen gläsernen Kasten herein, der ganz ähnlich konstruiert war wie ein Aquarium. Durch die Glasscheiben sah Horstmann eine Unmenge Tierchen, die so aussahen wie kleine und kleinste Regenwürmer. Aber sie hatten schwarze Greifzangen an einem Ende des Körpers.

Der Chef rückte den Kasten dicht vor sich, so dass Horstmann dessen Gesicht durch die Klumpen dieser Würmer so sah, als nagten sie unmittelbar darin. Es war eine belustigende Vorstellung. Horstmann fragte sich, wie lange diese kleinen Tiere brauchen würden, den klugen Kopf zu skelettieren.

»Meine Herren«, sagte der Mann hinter den zuckenden Würmern, »Sie sehen hier eine erstaunliche Erscheinung. Es handelt sich um einen Wurm, den es eigentlich nicht geben dürfte, weil er in keinem biologischen Werk erwähnt wird. Die Wissenschaftler in allen möglichen Ländern kennen ihn nicht. Man vermutet, dass es sich um eine besondere Art handelt, die aus herkömmlichen Schädlingen plötzlich mutierte.« Er machte eine kleine Pause. »Er ist, um es kurz zu sagen, in ungeheuren Mengen in den kanadischen Nadelwäldern aufgetreten und zerstört sowohl die Stämme wie die Nadeln. Wie Sie wissen, ist Kanada einer der größten Holzexporteure der Welt. Die Wirtschaft braucht Kanadas Holz für Papiere aller Art. Zunächst also ließ man kanadische Wissenschaftler heran. Sie versprühen die üblichen Bekämpfungsmittel. Allerdings ohne jeden Erfolg. Diese Tiere sind von Geburt an immun gegen DDT und verwandte Stoffe. Dann kamen die Amerikaner und gaben zuerst einmal dem Tierchen seinen

Namen. Sie nannten es den nordamerikanischen Kiefernfresser, aber sie arbeiteten bisher ebenfalls ohne Erfolg. Als der Schaden in den Wäldern rapide zunahm, entschloss sich die kanadische Regierung, die Forschung auf eine breite Basis zu legen. Sie dämmte durch Feuer die Herde der Tiere ein und hat sie jetzt einigermaßen unter Kontrolle. Aber eben nur einigermaßen. Außer Bayer und Hoechst sind wir die einzigen Deutschen, die daran arbeiten werden. Selbstverständlich wurden auch die Briten, die Japaner, die Russen und die Leute aus der DDR eingeschaltet. Es ist eine Frage der Zeit. Wer das Mittel zuerst findet, wird ein gutes Geschäft machen. Ich verteile mit Ihrer Erlaubnis jetzt an jeden die biologischen Unterlagen und die bisher aufgezeichneten chemischen Reaktionen. Die kleinen Biester sind anscheinend vollkommen immun. Ich möchte Ihre Aufmerksamkeit noch auf zwei Punkte hinlenken: Erstens muss der Wirkstoff von Flugzeugen und Hubschraubern versprüht werden können, und zweitens muss er nur, ich sage nur, auf diese Tiere zielen. Die übrige Tierwelt darf nicht darunter leiden. Das sind die Bedingungen, die man uns stellt. Ich danke schön.«

Es ist immer dasselbe, dachte Horstmann, als er über den Korridor in sein Labor zurückging. Irgendwo tritt so ein scheußlich aussehendes Dingsbums auf und frisst Baumwolle oder Reis oder Tee oder Zuckerrohr. Und dann sind wir gut genug, irgendein Mittelchen zu finden. Wie haben die Amis das genannt? Nordamerikanische Kiefernfresser. Es wäre auch beschissen gewesen, diesem so gefräßigen Tierchen keinen amerikanischen Namen zu geben. Nach dem Krieg sind die Amis zu uns gekommen und wollten uns Kultur beibringen. Ich würde mich nicht wundern, wenn sie auch versucht hätten, Beethoven als eine US-

Entdeckung an uns zurückzuverkaufen. Ich frage mich ernstlich, ob es nicht besser wäre, diese Tierchen in irgendeinem US-Nationalpark mit einem Haufen Campingplätzen auszusetzen und als Monopol der Amerikaner bestaunen zu lassen. Es ist unglaublich, wie hochnäsig dieses Volk ist. Aber sagen darf man es nicht. Ich wette, diese scheißkeimfreien Amis waschen sich in Vietnam die Hände, wenn sie aus dreißig Metern Entfernung ein Kind mit einem Maschinengewehr umgelegt haben. So sauber sind diese Leute.

Er setzte sich wieder auf den Schemel zwischen die beiden Tische, bis der Junge namens Bachmann kam und sagte: »Hier ist eine Zuteilung an Würmern, Herr Doktor.« Er setzte wie jemand von der Wohlfahrt hinzu: »Sie haben die meisten bekommen!«

»Stellen Sie sie irgendwohin«, sagte Horstmann.

Der Junge stellte die Schachtel zwischen Reagenzgläser, verbeugte sich übermäßig und sagte: »Auf Wiedersehen, Herr Doktor!«

»Schon gut«, sagte Horstmann.

Er dachte: Er braucht ja nicht gerade der APO anzugehören und mit Backsteinen zu schmeißen. Aber er braucht einem doch auch nicht gleich in den Arsch zu kriechen.

Horstmann dachte immer vulgär. Das war ein ganz natürliches Ventil für ihn. Aber bis jetzt war Horstmann harmlos. Er dachte lediglich daran, aus seinem sturen Trott zu flüchten. An Mord dachte er nicht, denn alle Gewalttätigkeit war ihm zuwider, weil sie unweigerlich Scherereien mit sich bringen würde.

Er öffnete die Schachtel mit den Würmern und fand, dass sie besonders eklig aussahen. Etwa wie die Würmer, die Aquarienfreunde benutzen, um den Hunger ihrer Lieblinge zu stillen. Dass sie eklig aussahen, würde positiv für seine Arbeit sein, denn er hasste alles Eklige, und er bekämpfte es recht gewalttätig und schnell. Er erinnerte sich an einen sehr schönen Falter, der irgendwo in Afrika ganze Orangenhaine aufgefressen hatte. Niemals hatte er sich dazu durchringen können, mit wissenschaftlicher Kühle ihre völlige Ausrottung zu planen. Sie waren einfach zu hübsch gewesen. Er hatte das Mittel trotzdem gefunden und eine außergewöhnlich spendable Sonderhonorierung erhalten. Trotzdem hatte es ihm leid getan.

Die Würmer in der Schachtel bildeten einen fast vollendeten Ball. Horstmann las mit großem Interesse die Ergebnisse der Biologen. Demnach besaßen diese Tiere ein Nervensystem in Form einer Strickleiter, also ganz wie die Würmer niederer Gattung. Aber außerdem konnten sie extreme Temperaturen ertragen, was Regenwürmer nicht konnten. Man hatte sie bis zu fünfzig Grad plus und dreißig Grad minus regungsfähig erhalten können. Bei fünfzig Grad plus erlosch das Leben, aber bei dreißig Grad minus legte es sich nur schlafen. Der absolute Tod trat erst bei achtzig Grad minus ein.

Dann verzeichneten die Biologen eine weitere interessante Tatsache: Die Tiere vermochten Helligkeit und Dunkelheit zu unterscheiden. Sie mussten also außer dem äußerst groben Nervensystem für Reiz und Schmerz ein weiteres ausgebildet haben. Es war nicht festzustellen gewesen, ob einer der Nervenknoten diese Funktion übernahm oder einfach das ganze System auf Hell und Dunkel reagieren konnte. Wichtig war, dass eine besonders große ausgebildete Zelle am Kopfende irgendeine Steuerungsfunktion ausübte, aber man hatte nicht herausgefunden, was sie steuerte.

Horstmann rief Ocker an. »Gehst du mit in die Kantine?«

»Aber ja«, sagte Ocker. »Bist du schon mit den lieben Würmchen bekannt?«

»Ich habe einen Klumpen hier«, sagte Horstmann. »Ich werde einige davon untersuchen. Ich möchte wissen, wie sie sich im Zellgewebe zusammensetzen. Vielleicht findet man da einen Angriffspunkt.«

»Man sollte vielleicht Nervengas benutzen«, sagte Ocker vorsichtig. Ocker war immer vorsichtig, wenn er einen Vorschlag machte. Es war schwer, Horstmann einen Vorschlag zu machen, weil Horstmann besser war.

Horstmann schüttelte den Kopf, »Nervengas geht nicht«, sagte er zu Ocker. »Denk an die übrigen Tiere! Du kannst in deiner Überlegung nur von Kontakttoxinen ausgehen. Du kennst doch die Werbung im Fernsehen: Hängen Sie diesen Strip in Ihr Wohnzimmer, und jede Fliege und jede Motte geht ein.«

»Warum nicht gleich Slip?«, fragte Ocker und lachte. Das war so seine Art.

Horstmann mochte diese Form von Spaß nicht. Er sagte: »Ich treffe dich in der Kantine.«

Die Kantine war wie üblich sehr voll. Schwaden von Tabakrauch hingen in halber Höhe des Raumes über den Tischen. Es gab keine klar definierbaren Geräusche. Das Klappern von Bestecken, das Klirren von Porzellan, ein Gewirr von Stimmen – es war ein misstönendes Orchester.

Hier schlinge ich seit sieben Jahren das in mich hinein, was sie eine Sozialleistung nennen, dachte Horstmann leicht wütend. Ja, wirklich, die Sache war bis ins Mark hinein sozial. Man bezahlte pro Essen mit einer Art Kinokarte, die für wenig Geld zu Beginn eines Monats gekauft wurde. Man stand am Ende einer langen Schlange, nahm sich aus einem

Kasten Gabel, Messer, Löffel und Serviette, trottete hinter dem Vordermann her, nahm dann eine flache, weiße Porzellanschüssel, die durch schmale Dämme in drei Abteilungen getrennt war, wechselte sie in die linke Hand hinüber und hielt sie irgendwelchen Frauen in keineswegs makellosen Schürzen hin, die Kartoffeln oder Rotkohl oder einen Fleischkloß draufklatschten. Natürlich jede einzelne Gabe in das dafür vorgesehene Becken innerhalb der Porzellanschüssel. Das war sehr sozial, denn die Firma zahlte die Hälfte eines jeden Essens aus der eigenen Tasche. Das wurde jedenfalls bei jeder Betriebsfeier eigens erwähnt. Es war wirklich enorm sozial.

Horstmann steuerte durch das Gewühl der Tische und fragte sich, wie diese vielen Leute das aushalten konnten. Diesen Geruch, dieses Geschwätz, dieses immerwährende: »Der Chef hat auch gemeint.«

»Es gibt schon wieder Bratwurst«, sagte Ocker vorwurfsvoll. »Ich kann das Zeug nicht mehr ausstehen.«

»Ich auch nicht«, sagte Horstmann. Er hatte bis jetzt nicht einmal gemerkt, dass man in eine Abteilung seiner Porzellanschüssel eine Bratwurst mit einer Portion beinahe industriell riechender Tunke hatte rutschen lassen. Er rührte mit der Gabel in der Tunke herum und murmelte: »Das könnte Schmieröl sein oder so etwas. Schmieröl mit Rosmarin und einem Schuss Tabasco.«

Ocker lachte, denn er bewunderte Horstmanns verlegen bissige Bemerkungen. Und Bachmann, der Junge, lachte auch. Aber er sagte: »Ich finde diese Errungenschaften der modernen Zivilisation großartig. Jeder futtert dasselbe zum gleichen Preis.«

»Mein Sohn«, sagte Horstmann, »Sie werden eines Tages noch begreifen lernen, dass diese Art von Fresserei niemals den Darm verstopft, aber die Gehirnwindungen und die Seele.«

Bachmann war ein wenig verstört, aber er lächelte mit dem Wissen der Praktikanten. »Sie sind ein Spötter, Doktor Horstmann.«

»Ich bin nur müde«, sagte Horstmann. »Und außerdem bin ich heute ungerecht, weil ich immer diese scheußlichen Würmer vor mir sehe und mir überlege, wie man sie kaputtmachen könnte. Haben Sie eine Ahnung?«

2. Kapitel

Der Praktikant Bachmann hatte sich über die Vernichtung des nordamerikanischen Kiefernschädlings bereits Gedanken gemacht. »Wahrscheinlich wird man ihm nur mit einem Kontaktgift beikommen können. Doch dazu muss man wissen, wo diese Viecher ihre schwache Stelle haben.«

»Sehr gut«, sagte Horstmann. Ocker und ich haben dieselbe Idee.«

Bachmann errötete und sagte eifrig: »Es ist so, wie der Chef sagt: Wer zuerst das Mittel findet, macht das Geschäft.«

»Sicher«, sagte Horstmann. »Sie sind wohl Kapitalist, was?«

»Nein«, sagte Bachmann, »eher überzeugter Sozialist.«

»Horstmann ist Kapitalist«, sagte Ocker warnend.

»Lass ihn doch«, sagte Horstmann und stieß seine Gabel in die Bratwurst, die mit einem feinen, intensiven Fettstrahl einen großen Fleck auf seine Krawatte spritzte.

Horstmann wusste, dass diese jungen Leute ein ebenso großes Gewirr in ihren Hirnen und Seelen mit sich herumtrugen wie er selbst. Er nahm die Krawatte ab und steckte sie in die Tasche seines Jacketts. »Wir wissen doch allesamt nicht, wohin. Wir sind doch alle ein bisschen ratlos. Du mit deiner verdammten Lebenstüchtigkeit und ständig die überdimensionalen Titten einer monströsen Nutte vor den Augen, und der Kleine da mit seiner Ansicht über den Sozialismus. Wer hilft denn da schon? Ich komme mit meinen – wie sagt man so schön – monopolkapitalistischen Ideen nicht viel weiter. Nur die Politiker, so welche wie Henrichs, die wissen immer, was sie wollen, und die wissen sogar, wie die Welt aussieht. Die furzen sogar im Rhythmus ihrer eigenen Phrasen.«

»Wer ist denn Henrichs?«, fragte Ocker.

»Henrichs«, Horstmann lächelte, »Henrichs ist der Vorstand er hiesigen Christlichen. Ich war neulich abends auf einem Spaziergang, als ich an einer Kneipe vorbeikam. Da stand im Tanzsaal dieser Mann und sprach von einer hoffnungsvollen Zukunft mit seiner Partei. Dabei gab er sich so freudig ruhig, als habe er vorher drei Pfund Sedative gefressen. Aber Henrichs ist klasse. Er hat durch sein Gerede immerhin drei Aufsichtsratsposten bekommen. Jetzt braucht er nur noch neue Redewendungen für seine Sorte Dogma zu finden. Zu arbeiten braucht er nicht mehr. Vielleicht bekommt er im nächsten Jahr ein Fertighaus geschenkt und behauptet, er hätte es mit einer Bausparkasse mühsam aus dem Boden gestampft. Aus diesem Grunde neige ich mehr zum Kapitalismus. Es ist immer besser, ein bisschen zu bescheißen und in wirtschaftlich guten Verhältnissen zu leben, als nach der Wahrheit zu suchen und dabei gestopfte Strümpfe zu tragen.«

»Das klingt verbittert«, sagte Bachmann.

»Na wenn schon«, sagte Horstmann. »Jeder muss halt seine depressive Periode haben.«

Nach exakt einer halben Stunde war die Kantine leer bis auf die Wissenschaftler der Forschungsabteilung. Sie genossen als einzige Gruppe des Betriebes das Recht, so lange in der Kantine zu sitzen, wie sie wollten. «Bei Ihnen, meine Herren«, hatte der Chef nicht ohne Bewunderung und Lob gesagt, »ist die schöpferische Pause wichtiger als eine streng geregelte Arbeitszeit. Sie können zehn Tage lang nichts tun, um in einer einzigen Sekunde die richtige Lösung zu finden. Und für diese eine Sekunde werden Sie bezahlt.«

»Ich höre für heute auf«, sagte Horstmann. »Ich gehe nach Hause. Ich brate mir so ein paar Würmchen.«

»Ich ruf' dich an«, sagte Ocker. »Von wegen Canasta.« Er war neidisch auf Horstmann, weil der es sich erlaubte, nach Hause zu gehen, um irgendwelche Probleme in aller Stille zu erledigen. Der Chef hatte Horstmann als einzigem schweigend dieses Recht eingeräumt, denn Horstmann war meistens mit erstaunlich guten Ergebnissen wiedergekommen.

Horstmann war für den Chef ein weltfremdes Genie. Der Chef wusste nichts von Horstmanns Träumen, die exakt so vulgär waren wie die Pornographie aus Dänemark, und voller Habgier wie die Kauffahrteischiffe früherer Jahrhunderte. Und er wusste auch nicht, dass Horstmann alle diese Träume zu realisieren gedachte. Horstmann wollte Horstmann sein, kein Stück Vieh mit einer Nummer auf der Hinterkeule. Und er hatte den vagen Verdacht, bereits nichts als eine Nummer zu sein.

Er ging in sein Labor zurück und rief im Vorzimmer des Chefs an. Er sagte: »Bestellen Sie bitte dem Chef, ich sei nach Hause gegangen. Ich nehme die Würmer mit. Ich brauche mehr Ruhe.«

»Natürlich«, sagte die Frau.

Horstmann zog sein Jackett aus, nahm die Schachtel mit den Würmern, legte das Jackett darüber und ging aus dem Laborgebäude. Auf dem Parkplatz sprach er eine Weile mit dem Wächter und fand, dass der ein sehr gutes Leben führen müsse, denn er war ein wenig dümmlich, mit dem Hang zu einem Lächeln, das unentwegt kam und ging.

»Herr Doktor haben wohl gesumpft letzte Nacht, wie, oder vielleicht Grippe?«

»Nein«, sagte Horstmann. »Ich muss nach Hause, um etwas in einem Buch nachzulesen.«

»In einem schlauen Buch, nicht?« Der Parkplatzwächter lächelte wieder. »Ich hatte früher auch mal solche Pläne. Pilot wollte ich werden oder einer von denen, die im Fernsehen das Wetter voraussagen. Aber das hat alles nicht geklappt.«

»Warum nicht?«, fragte Horstmann. Er hatte kein sonderliches Interesse an diesem Mann, aber er war niemals mutig genug gewesen, Desinteresse zu zeigen, wenn es verletzend wirken konnte.

»Ich habe doch ein Holzbein«, sagte der Mann vorwurfsvoll. »Oder wissen Sie das nicht mehr?«

»Sicher«, sagte Horstmann schnell und legte Bedauern in seine Stimme, obwohl es ihm vollkommen gleichgültig war.

Er fuhr durch Frankfurt wie ein Automat. Er dachte dauernd an die Würmer, die sich in der Schachtel hinten auf dem Rücksitz krümmten. Sie brauchen etwas zu fressen, dachte er. Sie sollen mir was vorfressen. Ich muss irgendwohin fahren, wo es Kiefern gibt. Aber wo gibt es Kiefern? Vielleicht fressen sie auch nur kanadische Kiefern und keine deutschen? Er fuhr zum Flughafen. Es gab da an der Autobahn Kiefernschonungen.

Als er sein kleines Haus erreichte, hatte er den ganzen Kofferraum voll Kiefernzweige. Er fragte sich plötzlich, ob es denn so unbedingt notwendig sei, diesen Schädling zu zerstören. Jahrhundertelang, jahrtausendelang haben die Menschen von Überschwemmungen bis hin zu Heuschrecken alles über sich ergehen lassen, dachte er. Warum soll man diese Würmchen nicht ertragen? Aber dann dachte er an das rosarote Gewimmel, das so aussah wie zuckendes, pulsierendes Tartar, und der Ekel kam wieder, und der Wille zu vernichten.

Er fuhr den Wagen in die Garage und trug die Pappschachtel in das Haus hinein. Er ging sofort hinunter in den Keller, den er sich als provisorisches Laboratorium eingerichtet hatte, und stellte die Schachtel offen vor einen kleinen

Infrarotstrahler. Als er mit dem Arm voll Kiefernzweige in den Keller kam, hatten die Fresser sich entwirrt und krochen auf der glatten Resopalplatte herum.

»Hier ist was für euch«, sagte Horstmann. Er legte einen jungen Kiefernzweig über das Gesprenkel der Würmer, rückte einen Stuhl heran und begann eine Zigarette zu rauchen. Sein einziges Arbeitsgerät war eine übergroße Lupe. Er wollte seinen Gegner studieren, seine Angriffsmethoden kennen lernen.

Nach zehn Minuten hatten sich die Würmer um den Kiefernzweig drapiert wie ein lebender Lorbeerkranz. Sie fraßen sehr hastig und zielstrebig, während Horstmann mit der Lupe ihre kleinen Zangen am Kopfende bewunderte und die ungeheure Härte, mit der sie dem harzgefüllten Material zu Leibe gingen. Er notierte die Zeit, die sie brauchten, um den Ast vollkommen kahl zu fressen und damit dem Sterben auszuliefern. Es währte zwanzig Minuten, und Horstmann empfand so etwas wie Hochachtung vor den Tierchen.

Dann zählte er sie zweimal. Das dauerte drei Stunden. Er kam auf eine Zahl von 4743, die er auf 4700 reduzierte, indem er den Rest einfach in einer Schale über einen Bunsenbrenner hielt und verbrannte. Mit einer glatten Zahl konnte er leichter rechnen, falls das überhaupt notwendig sein sollte.

Alles in allem war das Ergebnis deprimierend. Er versprühte ein Dutzend der herkömmlichen Schädlingsbekämpfungsmittel auf die Tiere und erzielte kein Ergebnis außer einem gelegentlichen Zucken der rosaroten Leiber, als ärgere sie diese Störung.

So arbeitete Horstmann bis sechs Uhr abends, ohne sich vergewissert zu haben, dass die Kinder oder seine Frau zu Hause waren. Das war ihm auch gleichgültig. Sie würden

den Wagen in der Garage sehen und wissen, dass er in seinem Keller hockte und arbeitete.

Dann fiel ihm plötzlich etwas auf. Im Bericht der Biologen stand zwar, dass diese Würmer sich durch Eiablage vermehrten, aber es war nicht verzeichnet, wo sie ihre Eier ablegten. Taten sie es in der Schicht der faulenden Kiefernnadeln auf dem Erdboden, legten sie sie einfach in die Sonne, oder legten sie sie in die Rinde der Kiefernstämme? Er lief in den Flur hinauf und rief, ohne zu zögern, den Chef an. Im Grunde war die Beantwortung dieser Frage zu diesem Zeitpunkt nicht notwendig. Aber für Horstmann war es notwendig, so weltfremd zu erscheinen wie nur möglich.

»Sie haben recht, Horstmann. Mir ist das als Kaufmann natürlich nicht aufgefallen, aber ich kenne den Inhalt der Gutachten. Es ist merkwürdig, dass ihr Wissenschaftler so wichtige Einzelheiten vergessen könnt. Nun ja ...«

Horstmann dachte, dass Wissenschaftler das Recht auf Genauigkeit nicht gepachtet hätten, aber er sagte: »Es ist wirklich eine Zumutung, ohne diese Information an die Arbeit zu gehen.« Er spielte Entrüstung.

»Woher kann ich das erfahren?«

»Da gibt es ein Zusatzprotokoll der staatlichen kanadischen Forstbehörde. Vielleicht steht da etwas drin. Augenblick bitte.«

»Natürlich«, sagte Horstmann. Er trommelte mit den Fingerspitzen auf einer Kommodenplatte herum und wartete.

»Hier steht unter Vermehrung: Legen ihre Eier in die vom Wind abgelegene Seite der Baumrinde, und zwar so, dass die Eier im Durchschnitt während des Sommers neunzig bis einhundertvierzig Minuten lang direkter Wärmeeinstrahlung unterliegen, nicht aber direkter Sonnenstrahlung. Reicht Ihnen das?«

»Das reicht. Ich danke Ihnen.« Horstmann wollte wieder auflegen, als der Chef fragte: »Haben Sie schon irgendeine Vermutung?«

»Nun ja«, sagte Horstmann. »Wir können mit ziemlicher Sicherheit nur auf ein Kontaktgift hinarbeiten. Etwas anderes kommt nicht in Frage. Wenn wir das Gift auf die schwache Stelle dieser Tiere richten, lässt sich einiges hoffen. Aber die schwache Stelle kenne ich noch nicht.«

»Natürlich nicht«, sagte der Chef begütigend. »Aber ich denke, wir werden sie finden, was, Doktor?«

»Ja«, sagte Horstmann matt, als sei er vollkommen überarbeitet.

»Und nun machen Sie mal Pause und trinken Sie was Anständiges. Oder nehmen Sie eine Frau in den Arm.« Der Chef lachte und Horstmann lache mit, bevor er auflegte.

Unten im Keller stand Maria vor dem Labortisch und beobachtete mit sichtlichem Ekel die Tierchen, die nun schon ihren vierten Zweig fraßen.

Horstmann blieb hinter ihr stehen. Er dachte: Sie ist farblos. Ich habe ihr zwei Kinder gemacht, und sie hat ihr ganzes Leben darauf konzentriert, mir zu gehorchen und den Kindern zu gehorchen. Darüber ist sie farblos geworden.

Er sagte: »Guten Abend« und gab ihr einen flüchtigen Kuss auf die Stirn. »Eine hübsche Schweinerei, nicht wahr?«

»Was sind das für Dinger?«, fragte sie.

»Unbekannte«, sagte er lapidar. »Sie machen die Kiefern in Kanada kaputt. Sie fressen Kiefern so schnell wie die Kinder Kartoffelpuffer. Nun müssen wir etwas finden, das sie tötet.«

Er war sehr dankbar, dass er zumindest diesen Beruf hatte und mit ihr gelegentlich über Einzelheiten der Arbeit sprechen konnte. Denn sie hatten zusammen studiert, bis sie schwanger war und er sie heiratete, Diese Gespräche waren so etwas wie eine Ersatzverbindung zwischen ihnen, und sie hatten bis jetzt verhindert, sich eingestehen zu müssen, dass da nichts mehr war außer einigen sentimentalen Erinnerungen.

»Wirst du den Stoff finden?«, fragte sie ein wenig bewundernd. Tatsächlich bewunderte sie ihn noch immer, obwohl es Momente gab, da sie einsah, dass selbst das nichts mehr nützte. Er hatte sich zu weit entfernt.

»Ich weiß es nicht«, sagte Horstmann. »So etwas ist immer eine Folge hochkonzentrierter, gekonnter Arbeit und ein wenig Glück.« Er war sehr selbstbewusst, wenn er mit ihr sprach. »Vielleicht habe ich Glück.«

»Sicher hast du das«, sagte sie. »Sabine hat einen neuen Freund.«

»Wie alt ist Sabine jetzt?« Er wusste natürlich, dass seine Tochter siebzehn war, aber er fragte immer danach, als sei er zerstreut und vollkommen in die Arbeit vertieft. Er spielte auch diese Rolle gut.

»Siebzehn«, sagte Maria, »aber das weißt du doch.«

»Natürlich, natürlich«, sagte er, »wer ist denn das, dieser Freund?«

»Irgend jemand, der sehr nett ist, mit langen Haaren. Sein Vater ist Arzt, sagt sie. Der Junge ist sehr höflich. Er hat ihr schrecklich den Kopf verdreht.«

»Ein bisschen früh, nicht?«, sagte Horstmann.

»Das kann sein«, sagte sie unsicher, »aber er ist wirklich sehr nett. Heute passiert alles so früh.«

Sehr schnell und sehr impulsiv war Horstmann zornig. Es war zum Kotzen. Es ging darum, dass Sabine möglicherweise mit pickeligen Jünglingen irgendwo herumkeuchte und von Dingen Erfahrung besaß, von denen er keine hatte, und

Maria auch nicht. Aber Maria war nicht lauthals, nervös oder wütend betrübt. Sie lätscherte so daher. Sie war wie jene engelsreinen Figuren christlicher Mystik voll Sanftmut und Demut. Sie hatte etwas von Jesus Christus, dem lieblichen, reinen Knäblein, an das Horstmann nie geglaubt hatte. Sie war zum Kotzen defensiv, das war es.

»Ist sie eigentlich noch Jungfrau?«, fragte er aggressiv. Er stellte diese Frage in den letzten Monaten bei jeder Gelegenheit, denn seine Tochter Sabine war eine von diesen: langhaarig, ein bisschen gelangweilt, mit sehr langen Beinen und einem sicheren Instinkt, sich vollkommen abzukapseln. Dass er keinerlei Verbindung zu ihr hatte, nicht mit ihr in irgendwelchen Cafés der Stadt protzen konnte, erfüllte ihn mit einer Bitterkeit, die er sich nie eingestand.

»Ich weiß es nicht«, sagte seine Frau. Das klang sehr mutlos, weil sie es wahrscheinlich tatsächlich nicht wusste. »Es kann sein, dass sie etwas Erfahrung hat, aber vielleicht ist sie noch unberührt.«

»Unberührt«, sagte er, »hah!« Sieh dir die Würmchen an! Wie sie fressen!«

»Sie fressen enorm«, sagte seine Frau.

»Wie diese Zeit alles frisst«, sagte er großspurig. »Sitte, Moral, Anstand und so weiter.«

»Willst du ein Bier zum Essen?«

»Kein Bier«, sagte er, »ich will keinen Bauch.« Er überlegte, wie er an hunderttausend Mark kommen könnte. Hunderttausend Mark waren sein Ziel. Er hatte diese Summe ganz willkürlich angesetzt, ebensogut hätte er zehntausend oder eine Million denken können. Er hatte schon seit Monaten einen bestimmten Plan, von dem er allerdings nicht wusste, ob er ausführbar war. Aber nun waren da die Würmer in seinem Keller, die rosaroten vollgefressenen Würmchen. Der

Plan zeichnete sich jetzt deutlicher ab. »Ruf die Ockers an. Wir wollen Canasta spielen.«

»Ja«, sagte Maria. Sie drehte sich herum und ging die Treppe hinauf. Sie dachte dumpf: Er ist intelligent. Aber ich weiß nicht, ob er auch klug ist. Warum hat er zwanzig Jahre lang versäumt, mir etwas beizubringen? Warum hat er mir nicht seine Art beigebracht, frei zu sein? Warum hat er mich immer nur schnell benutzt und nie mit mir gespielt? Sein Leben ist etwas ganz anderes als mein Leben. Lieber Gott im Himmel, ich bin zu müde, um zu schreien, ich bin einfach zu müde. Warum gibt er mir denn nicht die Chance, in sein Leben zu treten? Natürlich, meine Haare sind ein wenig grau und manchmal etwas stumpf. Auch meine Haut ist nicht mehr so, wie sie sein sollte. Von den Knien an bis hoch zum Hintern ist mein Fleisch nicht mehr fest. Es wabbelt ein bisschen. Aber hätte ich eine Masseuse bezahlen können? Ich hätte nicht einmal daran gedacht. Und schminken? Ich kann mich nicht schminken. Ich kann Kinder kriegen, spülen, staubsaugen und mir dauernd die Fingernägel abbrechen. Aber ich kann mich nicht schminken.

3. Kapitel

Die Ockers kamen gegen neun Uhr abends, als es nicht mehr so heiß war. Sie setzten sich auf die kleine Terrasse und begannen zu spielen. Sie spielten Paar gegen Paar, der jeweilige Gewinn kam in ein Sparschwein. Einmal im Jahr war dieses Schwein voll. Dann machten sie zusammen eine lange Wochenendtour, tranken viel und versicherten sich gegenseitig, wie prächtig das alles sei. Das nannten sie ihren Betriebsausflug. Horstmann hatte es hassen gelernt, und auch Maria mochte es nicht. Aber den Ockers gefiel das, sie waren seicht genug, um von so etwas befriedigt zu sein.

Horstmann spielte nicht sehr konzentriert und wechselte die Tricks schnell und ganz nach eigenem Ermessen, so dass seine Frau ihm nicht mehr folgen konnte. Sie verloren den ganzen Abend über, und Horstmann beobachtete mit einiger Genugtuung, wie das Spiel immer mehr an Spannung verlor und schließlich abflachte wie der Strahl aus einem Wasserhahn, den man langsam zudreht. Er benutzte immer den Trick des systemlosen Spiels, um einen Abend möglichst schnell zu töten. Um elf Uhr sagte er: »Ich höre auf, Kinder. Immer verlieren macht kein Vergnügen. Und außerdem habe ich einen Versuch laufen.«

Ocker war reichlich betrunken, seine Frau ebenso. Sie lachten beide, waren vulgär, machten anzügliche Bemerkungen auch dann, wenn es gar keinen Anlass gab. »Ich denke, ihr wollt in die Heia«, sagte Ocker glucksend.

»Ich kann das nicht, Schnaps macht mich impotent.«

So redeten sie, und Maria wurde ein wenig verlegen, und Horstmann war wütend. Er sagte: »Ich habe wirklich einen Versuch laufen.«

»Du bist ein Streber«, sagte Ocker, »du bist ein Monstrum von einem Streber. Also gehen wir.« Er nahm den Rausschmiss völlig gleichmütig hin. Als er mit seiner Frau durch den Garten zu seinem Wagen ging, schwankten beide. Ocker ließ die Reifen mächtig quietschen, als er losfuhr. Er hatte irgendwann den Absprung versäumt und würde wohl nie erwachsen werden.

»Willst du wirklich noch etwas tun?«, fragte Maria.

»Ja«, sagte Horstmann. »Geh ruhig schlafen!«

»Ist gut«, murmelte sie. Aber gar nichts war gut. Während sie den Tisch abräumte und die Stühle zusammenklappte und dabei wirkte wie eine Frau, die das Leben und zu viel Arbeit schon kaputtgemacht haben, dachte sie, dass dieser ewig lustige und ein bisschen schmierige Ocker eigentlich Recht hatte. Wieso gingen sie jetzt nicht zusammen ins Bett? Wieso spannte sich ihre Decke immer wie ein Brett, wenn die Ockers solche Dinge sagten? Es war nie viel Wirbel gewesen in ihrem Leben. Und alles das, was sie sich an Aufregung und hastigem Atmen von ihrem Mann gewünscht hatte, war getötet worden durch die Zeit. Ich bin so stumpf wie ein altes Küchenmesser, dachte sie, ich kann ihm nicht mal mehr weh tun. Das ist alles zum Verrücktwerden.

Horstmann war in seinem Labor im Keller. Er fand es amüsant, dass keiner der Würmer von der glatten Tischplatte gerutscht war. Sie hatten alle zusammen einen sehr dicken Kiefernzweig zerstört und sich zu einem Klumpen zusammengeformt, in dem Leben und Wärme von Leib zu Leib zu springen schienen wie elektrische Funken.

Horstmann machte sich eine Weile Aufzeichnungen über die Art, wie die Tiere den Kiefernzweig erledigt hatten und wie sie sich dann, einer Zigeunerfamilie gleich, zusammengezogen hatten zu einem Ball, der unangreifbar schien.

Dann nahm er eine kleine Glasschale und zupfte mit einer Pinzette einen Wurm aus dem Ball. »Der erste Tote der Nation«, murmelte er heiter. Er legte den Wurm in die Schale. Sein Vorrat an bis jetzt bekannten Schädlingsbekämpfungsmitteln war gering. Er besaß nur etwa dreißig. Aber diese Mittel waren sogenannte Basismittel. Sie enthielten alle die Giftstoffe, aus denen man sämtliche Tötungsmittel zusammensetzen konnte. Keines der dreißig Mittel tötete den Wurm. Horstmann wusste, dass es schwierig werden würde.

In einem Anfall von Zorn ließ er aus einer Flasche etwas Cyanid auf den Kiefernfresser tropfen. Er schrieb in sein Notizbuch: »Betrifft: Nordamerikanische Kiefernfresser. Wie die ersten Untersuchungen ergeben, ist der Schädling unangreifbar, wenn man auf die bisher bekannten Toxine für Schädlinge zurückgreift. Man kann mit bloßem Auge am Kopf, dicht unter den Zangen, eine sehr große, graue Zelle sehen, die ähnliche Bewegungen macht, wie man sie beim Pumpvorgang des menschlichen oder tierischen Herzens beobachten kann. Es ist möglich, dass diese Zelle der einzige Angriffspunkt ist, den wir haben. Der Schädling ist mit ziemlicher Sicherheit eine Folge der im Übermaß zur Verwendung gelangten Gifte wie DDT oder E 605. Er ist gegen diese Gifte von Natur aus immun.«

Oben im Flur war ein mattes Geräusch. Horstmann öffnete die Tür und fragte halblaut: »Bist du es, Harald?«

»Ich bin es«, sagte Sabine.

»Komm bitte mal herunter.« Er war dankbar, dass sie gekommen war.

»Sei doch leise«, sagte das Mädchen ohne eine Spur von Respekt.

Horstmann wartete, bis sie um die Windung der Treppe kam. Sie trug einen sehr kurzen Rock mit einem sehr breiten Gürtel und einem sehr engen, dunklen Pullover. Horstmann war einen Augenblick lang stolz auf sie, weil sie hübsch war.

»Du hast einen neuen Freund?«

»Ja.« Sie ging an ihm vorbei, aber nichts an ihrem Gesicht war Trotz.

Horstmann spürte eine plötzlich aufkeimende Wut. Er hatte eine Inquisition gewollt, aber für das kleine Luder war es offensichtlich nur ein Spiel.

»Wie heißt er denn?«

»Jo.«

»Jo ist kein Name. Wahrscheinlich heißt er also Johann.«

»Nein, Jo. Wir nennen ihn einfach Jo. Er heißt in Wirklichkeit John. Er ist der Sohn von dem hiesigen Städtischen. Du kannst eigentlich nichts dagegen haben.«

Sie saß auf seinem Arbeitsschemel, die Beine gespreizt, so dass er ihren Slip sehen konnte, einen Arm aufgestützt, als sei das alles entsetzlich langweilig.

»Wieso kann ich nichts dagegen haben?«, fragte Horstmann bösartig.

»Na ja, du willst doch in die feinen Kreise«, sagte sie. »Das will doch jeder.«

Einen Augenblick lang war er versucht, loszubrüllen und sie möglicherweise sogar zu schlagen. Aber dann kam ihm die Idee, es mit dem zu versuchen, was er bei sich die »Kumpelmanier« nannte. Er zog seine Zigaretten aus der Tasche und fragte: »Rauchst du?«

»Ja«, sagte sie. Sie zeigte sich nicht erstaunt oder gar dankbar.

Horstmann gab ihr Feuer. Sie rauchte, ohne zu husten und sah ihn von Zeit zu Zeit an, als wolle sie sagen: »Na, los doch. Versuch es doch!«

»Ich habe nicht viel Zeit, mich um dich zu kümmern«, sagte Horstmann. »Das tut mir leid.«

»Es tut dir nicht leid«, sagte das Mädchen. Sie sagte es, als sei es eigentlich nicht wert, auf seine Worte zu antworten. Sie hatte etwas festgestellt.

»Es tut mir wirklich leid«, sagte Horstmann. Jetzt tat es ihm wirklich leid. Sie war sein Kind, er hatte sie gezeugt, aber sie war unendlich weit fort. Horstmann zündete sich eine Zigarette an. Er sagte: »Sieh mal, es ist verdammt schwer, beruflich auf der Höhe zu bleiben und sich gleichzeitig voll und ganz auf eine Familie zu konzentrieren.«

Sie drückte die Zigarette in einer flachen Glasschale aus. Sie sagte gar nichts.

Horstmann ging sehr langsam quer durch den weißgekalkten Raum. Er dachte wieder, dass sie genau so war, wie die langhaarigen Mädchen, denen er nachsah und von denen er träumte. Vielleicht war sie ein wenig jünger, vielleicht auch nicht, er wusste es nicht. Aber er erschrak: Es konnte sein, dass sie nicht jünger war.

»Kann ich jetzt gehen?«

»Nicht doch, nicht doch«, sagte er. »Ich will endlich einmal sprechen.« Er kam in der Diagonalen durch den Raum zurück und lehnte sich an den Tisch.

»Ich mache mir manchmal Sorgen«, sagte Horstmann. Er hatte einen Augenblick lang das Bedürfnis, mit diesem Mädchen einige seiner Probleme zu betasten, aber das unterdrückte er schnell. Er sagte nur: »Vielleicht wäre es besser, ein einfacher Mensch zu sein. Irgend so etwas wie Kaminkehrer oder Korbflechter.«

»Damit erledigt sich kein Problem«, sagte sie. »Und du weißt das doch. Was willst du mit mir sprechen?«

»Ich weiß nicht«, sagte Horstmann, »es ist schwer zu definieren. Glaubst du, dass ich dich ganz objektiv sehen kann?«

»Das kannst du«, sagte sie, »du kannst es sogar sicherlich. Hast du noch eine Zigarette?«

Horstmann gab ihr eine Zigarette, nachdem er sie angezündet hatte. Er erinnerte sich dumpf, dass er früher seiner Frau jede Zigarette angezündet hatte. In den ersten Monaten.

»Warum glaubst du, dass ich dich objektiv sehen kann?«

»Es ist die Art, wie du deine Frau ansiehst«, sagte das Mädchen. »Was sind das für Würmer da?«

»Irgendwelche Schädlinge«, sagte er. »Wie sehe ich Mutter an?«

»Objektiv«, sagte sie. »Und manchmal ist auch Mitleid dabei. Ist das richtig?«

Horstmann wusste genau, dass sie Maria nichts berichten würde, also konnte er riskieren, ihr die Wahrheit zu sagen. Er murmelte: »Du hast Recht.«

Das Mädchen stand auf und holte aus der Ecke einen von den Kiefernzweigen. Sie legte ihn neben den Ball der Würmer, weil sie sofort den Zusammenhang begriffen hatte.

Sie standen nebeneinander und sahen zu, wie der Ball der Würmer Signale bekam und sich auflöste. Die Tiere griffen den Kiefernzweig an wie einen Feind.

»Sie sind eklig«, sagte das Mädchen.

»Na ja«, sagte Horstmann. »Ich muss einen Stoff finden, der sie tötet. Ich bin wohl kein guter Vater, oder?«

»Hast du etwas getrunken?«, fragte das Mädchen.

»Etwas«, sagte Horstmann, »aber ich bin nicht betrunken, wenn du das meinst.«

Das Mädchen nahm ein Skalpell und trennte einen der Würmer in der Mitte durch. »Ist es wie bei Blindschleichen oder ähnlichem Viehzeug, dass beide Hälften lange weiterzucken?«

»Nein«, sagte Horstmann. »Diese Würmer haben eine Zentralzelle am Kopfende unterhalb der Zangen. Was denkst du von mir?«

»Nicht sehr viel«, sagte das Mädchen. »Ich meine, ich denke nicht sehr viel über dich nach. Deine Ehe latscht so dahin wie irgendein Paar Filzpantoffeln über einen Krankenhausgang.« Sie machte ein paar hastige Züge, und sie war jetzt ein wenig aufgeregt. »Ich will dich nicht beleidigen, aber so sieht es aus.«

»Ich weiß«, sagte Horstmann. »Hol uns irgendetwas zu trinken herunter, ja? Ich möchte wirklich mit dir reden.«

Jetzt war das Mädchen erstaunt. Es sagte: »So was Verrücktes von Vater.«

»Na ja«, sagte Horstmann matt. Er sah ihr nach, wie sie zur Türe ging und dann die Treppe hinauf verschwand. Ich bin verrückt, dachte er. Ein Mann kann derartige Probleme nicht mit seiner Tochter besprechen. Das ist Unsinn. Aber sie ist so verdammt alt, und sie findet sich in jedem Kaufhaus besser zurecht als ich.

»Ich habe den Cognac mitgebracht«, sagte das Mädchen. »Ich trinke ihn ganz gern mit Cola.«

Horstmann sah ihr zu, wie sie mit den Gläsern und Flaschen herumhantierte. »Was weißt du eigentlich von mir?«

»Nicht sehr viel, oder doch sehr viel«, sagte das Mädchen. »Ich habe ziemlich viele Freiheiten. Aber nicht, weil diese Freiheiten nötig sind, sondern weil du dich zu wenig um uns kümmerst. Wahrscheinlich trägst du im Dienst immer eine Krawatte und haust niemals auf den Tisch. Sicherlich bist du ziemlich intelligent. Viele Intelligente sind hilflos. Ich glaube, du bist hilflos.« Sie lachte ein wenig. »Das ist ein komisches Gespräch. Ich weiß wirklich nicht viel von dir. Wir haben seit zwei oder drei Jahren nicht mehr richtig zusammen gesprochen. Ich weiß, als ich noch ein kleines Kind war, hast du manchmal mit mir Ball gespielt. Irgendwann hat dann alles aufgehört. Du hast geschimpft, wenn meine Zeugnisse schlecht waren, und du hast gedacht, ich würde heulen vor Freude, wenn unter dem Weihnachtsbaum eine große Puppe lag. Ich konnte aber keine Puppen mehr sehen, und also konnte ich auch nicht heulen. Und ich habe ziemlich schnell begriffen, dass so eine Puppe nichts anderes war, als wenn irgendein Kegelbruder den ganzen Abend über Sekt spendiert. Da muss man dann auf Befehl dankbar sein. Du hast mich nicht mehr gestreichelt, und du hast mich nur immer Sabine genannt, nie mehr Bienchen wie früher. Ich rede ziemlich lange.«

Horstmann sagte: »Ich habe einfach zu viel gearbeitet.«

»Das ist es nicht«, sagte das Mädchen. »Du hast den Rest der Familie vergessen. Du hast nicht kapiert, wann ich meine erste Periode hatte und Harald das erste Mädchen. Du warst einfach weg.«

»Macht es dir Spaß, mir so etwas zu sagen?«, fragte Horstmann.

»Ja, etwas«, sagte sie. »Ich möchte übrigens einen anderen Vornamen haben. Ich möchte Melancholie heißen.«

»Was soll das?«, fragte Horstmann.

»Ich finde, Melancholie ist ein hübscher Name. Ich finde auch September schön.«

»Nennt dich dein neuer Freund so?«

»Du meinst Jo? Nein, der nennt mich Spinne.« Sie lachte verlegen. »Weißt du, woher das kommt? Ich möchte noch einen Cognac.« Sie wartete nicht ab, ob er es ihr abschlagen würde, sie goss sich einfach einen kräftigen Schuss aus der Flasche in das Colaglas. »Es ist auch egal«, sagte sie.

Horstmann sah auf den Kiefernzweig, der fast völlig von den Fressern bedeckt war, und machte sich rasch einige Notizen. »Wie sehen andere Ehen aus, die du beobachtest?«

»So ziemlich wie eure«, sagte Sabine. »Es ist nicht viel Unterschied.« Sie war jetzt ein wenig beschwipst und kicherte. »Irgendwann früher hat mir mal jemand gesagt, es wäre furchtbar, seine Eltern im Bett zu überraschen. Es sähe so gemein und brutal aus. Ich brauche da keine Sorgen zu haben.« Horstmann fühlte sich sehr heftig geschlagen. Er sagte: »Du bist unverschämt.«

»Ich bin es nicht«, sagte sie. »Bei den Toreros oder bei sonstwem gibt es doch einen Augenblick der Wahrheit. Das hier ist so ein Augenblick. Mach dir keine Sorgen, Väterchen. Eines Tages schaffst du dir eine Freundin an, und alles ist geregelt, wie man sagt.«

»Du bist siebzehn«, sagte er verzweifelt. »Als ich siebzehn war, haben wir viel mehr gelacht. Wir hatten unsere Späße und trieben unseren Ulk mit den Nachbarn. Was macht ihr?«

»Meistens ist es langweilig«, sagte sie. »Manchmal knutschen wir ein bisschen herum. Manchmal haben wir Spaß. Manchmal gehe ich auch mit einem ins Bett. Mit Jo war ich noch nicht im Bett. Das kommt noch.« Sie kicherte.

Es war klar, dass sie ihn schockieren wollte. Mit Sicherheit war sie noch Jungfrau.

Horstmann dachte: Es ist von eminenter Wichtigkeit, dass sie noch Jungfrau ist. Er sagte: »Du weißt noch nichts davon.«

»Ich weiß so ziemlich alles«, sagte sie aggressiv, und plötzlich ließ sie sich nicht mehr gehen, sondern war sehr wachsam. »Ich gebe ja zu, dass es mir noch keinen allzu großen Spaß macht. Aber nur, weil es noch ein bisschen weh tut, und weil die Jungens keine Rücksicht nehmen.« Sie ging an ihm vorbei die Treppe hoch und wirkte sehr müde und auch ein wenig traurig.

Horstmann wusste jetzt, dass sie keine Jungfrau mehr sein konnte, und er wurde sich in einem Anfall beinahe körperlicher Schmerzen darüber klar, dass sie exakt das gesagt hatte, was er immer lautstark hatte sagen wollen. Aber, du lieber Himmel, Maria würde sich zurückziehen wie eine Schnecke, und außerdem war ihre Haut faltig, und außerdem war sie keusch, krampfhaft keusch. Es war alles so, wie das Mädchen es begriffen hatte. Und der Junge würde es ebenso wissen.

Horstmann spürte Mitleid mit sich selbst. Aber das währte nur Sekunden, dann glitt er mit der für ihn typischen Halsstarrigkeit wieder zu dem Problem der Kiefernfresser zurück. Schließlich gab er seiner Müdigkeit nach und ging hinauf in das Schlafzimmer. Vorsichtig öffnete er die Tür. Aber Maria war noch wach. Es gehörte zu ihren Eigentümlichkeiten, niemals zu schlafen, wenn er einmal später als gewohnt ins Bett ging. Gleichgültig, ob es ein Uhr oder sechs Uhr morgens war: Sie war wach. Sie war wach, als habe sie die ganzen Stunden über auf ihn gewartet.

»Hast du die ganze Zeit gearbeitet?«

»Ja«, sagte er. Er sah sich in dem Raum um. Man konnte zwischen den Betten und dem Schrank nur mühsam gehen, das Zimmer war zu klein. Dazu kam dieser dunkelrote Vorhang, der die ganze Sache einer Kasematte gleichmachte, einer tristen, stumpfen Kasematte, bei der man nie sicher war, ob man morgens den Ausgang fand.

»Sabine ist keine Jungfrau mehr«, sagte er. »Ich habe eben mit ihr gesprochen. Sie schläft mit allen möglichen Knaben.« In seiner Stimme waren weder Zorn noch Verachtung. Tatsächlich spürte er eine gewisse Heiterkeit. Seine Tochter hatte ihre eigene Mutter hereingelegt. Aber diese Sorte von Mutter war wahrscheinlich nicht so schwer hereinzulegen.

»Ich habe es mir fast gedacht«, sagte sie. Ihre Stimme war nicht schläfrig. »Aber ich habe sie nicht gefragt, weil es ihre Sache ist. Man hat keinen Einfluss darauf.«

Horstmann sah lächerlich aus in der Unterwäsche und mit seinen sehr blassen, fast weißen Armen und Beinen. »Was sagst du? Keinen Einfluss? Das ist doch Irrsinn. Natürlich hat man Einfluss, natürlich kann man was machen, Internat zum Beispiel.«

Maria richtete sich auf und lächelte. »Im Internat werden sie onanieren oder sich mit dem Gärtner hinter die Johannisbeersträucher legen. So ist das.«

Zuweilen hatte sie genügend Mut, so etwas zu sagen, zuweilen gab sie zu erkennen, dass sie mehr wusste und ahnte als er. Und das bedeutete für ihn immer eine Kränkung.

»Wie du redest!« sagte er empört. »Es ist schließlich unsere Tochter.«

»Ja«, sagte sie, »das stört daran, nicht wahr?«

Das war Ironie, und das kränkte ihn noch mehr. Sie war doch farblos und hatte nicht das Recht, ironisch zu sein. »Hör auf«, sagte er, »es langweilt mich.«

»Es macht mir auch keinen Spaß«, sagte sie matt. »Hör auf damit. Wir sollten zusammen sprechen, statt uns zu streiten.«

»Bitte«, sagte Horstmann aggressiv, »sprechen wir also.«

Sie richtete sich auf und zündete sich eine Zigarette an.

»Hätte ich verhindern können, dass Sabine keine Jungfrau mehr ist?«

»Ich weiß es nicht«, sagte er. Er wusste es wirklich nicht. Er wusste im Grunde viel zuwenig über diese Dinge.

»Ich hätte es nicht«, sagte sie. »Steh nicht so nackt da rum! Du erkältest dich noch. Diese Mädchen rennen nicht mit allen Dingen zur Mutter oder zum Vater und brüllen um Hilfe. Diese erotischen Dinge sind heutzutage Allgemeingut. Man kann sie als Zehnjährige haben, wie man ein Buch in einer Leihbücherei besorgen kann. So stelle ich mir das vor.«

»Das mag schon sein«, sagte er, »vielleicht hast du Recht.« Er war einfach müde und wollte sich nicht mit ihr streiten. Es war ihm gleichgültig, zu welchen Erkenntnissen sie gekommen war. Mochte sie das mit sich selbst ausmachen.

»Es ist so«, sagte sie und starrte gegen die mit Kunstharz bezogene Fläche des Schranks. »Wir beide geben uns ja auch keine Mühe, irgendetwas in dieser Richtung zu tun.«

»Wieso?«, fragte er.

»Ich finde mich fade im Bett«, sagte sie.

»Sag das doch nicht!« Diesen Fehler machte er immer wieder. Anstatt ihr einmal zu sagen, dass auch er sie fade fand – nicht so krass, nicht mit diesen Worten – nahm er sie, fiel von ihr wie ein Blutegel, der sich vollgesogen hat, um sich gleich darauf wilden, orgiastischen Träumen hinzugeben und sich vorzustellen, was alles zwischen ihm und einer Frau geschehen könnte.

»Vielleicht hätten wir nicht heiraten sollen«, murmelte sie.

»Aber nicht doch«, sagte er und beugte sich zu ihr hinüber. »Du sollst doch so etwas nicht sagen. Immer hast du etwas gegen dich selbst.«

»Ich bin nicht ich selbst«, sagte sie. Er wollte es nicht verstehen, oder er verstand es wirklich nicht. Vielleicht waren zwanzig Jahre Ehe einfach zu viel, vielleicht zerstörte die Zeit mehr, als man wahrnahm. So hielt sich nur noch die Fassade krampfhaft aufrecht, und dahinter war nichts mehr. Sie dachte, dass in früheren Jahren – und das war eine Ewigkeit her – sich alle mit wilden und wütenden Diskussionen gefüllten Stunden, in freundliche, sanft schaukelnde Wolken aufgelöst hatten. Weil er sie einfach nahm. Früher. Vor einer Ewigkeit.

»Schlaf gut«, sagte sie. »Du musst früh aufstehen.«

4. Kapitel

Es war schon hell, als Horstmann erwachte und ganz mechanisch auf den Wecker sah. Es war fünf. Irgend etwas hatte ihn geweckt. Er wollte zornig werden. Er besaß die Gabe, sich mit wenigen ordinären Gedanken in Zorn hineinzusteigern. Dann hörte er die Schritte. Es war Harald. Harald sang ein Lied.

»Er ist betrunken, glaube ich«, sagte Maria.

»Möglich«, sagte Horstmann. »Ich werde ihn auf sein Zimmer bringen.« Er ging hinaus und sah hinten in den schmalen Flur. Dort stand sein Sohn vor dem Spiegel und kämmte sich das Haar mit sehr sanften Bewegungen. Er sang dazu irgendeinen Schlager.

»Du bist betrunken«, sagte Horstmann.

Der Junge sah hoch und schüttelte den Kopf. »Nein«, sagte er. Und er schwankte nicht einmal, als er die Treppe hinaufkam. »Wir haben ziemlich lange in einer Bude gehockt«, sagte er. »Ich bin müde.« Er machte einen heiteren Eindruck.

»Dann mach doch nicht solchen Lärm«, sagte Horstmann vorwurfsvoll. »Ich brauche meine acht Stunden Schlaf.«

»Ich nicht«, sagte der Junge. Er benahm sich eigenartig, er ging tänzelnd, schwang die Arme mit jenen lächerlichen Bewegungen, mit denen Frauen in Gruppen Gymnastik treiben.

»Irgend etwas stimmt doch nicht«, sagte Horstmann.

»Was soll nicht stimmen?«, fragte sein Sohn. »Wir haben ein bisschen Hasch geraucht und so. Es war ganz nett.«

»Rauschgift«, sagte Horstmann scharf, als habe er ganz allein diese Entdeckung gemacht.

»Na ja, wenn du es so nennst.« Der Junge sang wieder und ließ die Tür seines Zimmers hinter sich zufallen.

Horstmann holte sich aus dem Schlafzimmer seine Zigaretten. Er sagte: »Harald hat Haschisch geraucht.«

»Es riecht immer so süßlich in seinem Zimmer«, sagte Maria. »Vielleicht geht es vorüber.«

»Ich spreche mit ihm«, sagte Horstmann schnell. »Ich werde ihm die Flötentöne beibringen.« Sabine war keine Jungfrau mehr, Harald rauchte Hasch, Maria fühlte sich selbst im Bett fade. Das musste bekämpft werden. Worin bestand schon ein großer Unterschied zwischen Würmern im Keller und dieser Familie? Seiner Familie. Aber warum sollte er es bekämpfen! Es war besser, sich zurückzuziehen. Man müsste die Familie loswerden, das war das Problem.

Horstmann sah den Jungen auf seinem Bett liegen. Es roch tatsächlich süßlich. Er überlegte, wie lange er nicht mehr im Zimmer seines Sohnes gewesen war. Vielleicht war es ein Jahr her, vielleicht zwei oder drei? »Ist das eine solche Zigarette?«

»Ja«, sagte der Junge. »Willst du eine?«

»Nein. Wirf das Zeug aus dem Fenster!«

»Sie sind teuer«, sagte der Junge vorwurfsvoll. Eine schmale Rauchfahne stand sehr steil auf seinem Gesicht. Er träumte, und er zeigte keinen Respekt.

Und weil bei Sabine die »Kumpelmanier« so gut funktioniert hatte, murmelte Horstmann: »Musst du das Zeug rauchen?«

»Nein«, sagte der Junge, »aber es macht Spaß.«

»Aber wieso?«

»Mann kann so gut stiften gehen«, sagte der Junge. »Ich höre immer Beethoven oder Bach. Aber meistens Bach.«

»Das ist Unsinn!«

»Aber nein.« Der Junge lachte weich. »Das ist doch kein Unsinn, Freund!« Er sang: »Sing, sing a song of joy ...«

»Ich möchte mit dir sprechen«, sagte Horstmann.

»Das kannst du doch«, sagte der Junge. »Nur, man kann so schlecht zuhören, wenn man das Zeug pafft. Aber versuchen kann ich's ja.«

»Versuch es«, sagte Horstmann gutmütig. »Hast du irgendwelche Probleme?«

Der Junge wälzte sich zur Seite und sah ihn an. Dann stand er auf, ging an das Waschbecken, neigte seinen Kopf mit den langen Haaren darüber und ließ sich kaltes Wasser über den Schädel laufen. »Ich habe keine Probleme«, sagte er. »Wirklich nicht.«

»Das glaube ich nicht«, sagte Horstmann. Er glaubte es wirklich nicht. Zwar war er kein Spezialist für Rauschgifte, aber er wusste genügend davon, um zu erkennen, dass der Junge seine Probleme diesen Zigaretten anvertraute.

Der Junge gurgelte und spuckte dann aus dem Fenster. »Ich bin achtzehn«, sagte er. Er sagte es so wie ein Mann, der aus dem Nebel des Alkohols wieder auftaucht und seine Umwelt zu begreifen beginnt. »Ich habe keine Probleme, die ich mit dir besprechen könnte.«

»Wieso nicht?«, fragte Horstmann beleidigt. Dann fügte er versöhnlich hinzu: »Jetzt ist sicher nicht der richtige Zeitpunkt, darüber zu sprechen.«

»Es wird keinen Zeitpunkt mehr geben.« Der Junge lehnte sich aus dem Fenster. »Ich werde warten, bis du meine Ausbildung bezahlt hast, und dann werde ich gehen. Ich mag euch alle nicht mehr. Sabine ein bisschen, aber auch nicht sehr viel.«

»Das kann nicht dein Ernst sein«, murmelte Horstmann. Aber er wusste, dass der Junge es ernst meinte.

»Es ist mir sogar gleichgültig, ob du es ernst nimmst oder nicht«, sagte der Junge heiter. »Ich habe dir den Spitznamen

›Der Vandale‹ gegeben. Weißt du, warum? Na ja«, er drehte sich wieder herum und lächelte fröhlich, »die Vandalen waren die Kameraden, die von Ost nach West durch Europa zogen, Spanien verheerten und schließlich Nordafrika. Deshalb.«

Horstmann spürte Furcht. »Wir leben in anderen Zeiten.«

»O nein, mein Herr, o nein! Du bist ein klassischer Vandale. Deine Frau ist: eine Banane. Du hast sie irgendwann auf den Küchentisch gelegt und vergessen. Da ist sie dann liegengeblieben und zuerst ein wenig angefault und dann verschimmelt und schließlich vertrocknet. Und wenn Sabine und ich nicht schnell abhauen, dann sind wir zwei neue Bananen für dich. Ich habe wirklich keine Probleme.«

Das Ungeheuerliche war, dass er dabei freundlich lächelte, als hätte er die ganze, sehr komplizierte Angelegenheit vollkommen begriffen und in jeder Phase verstanden. Wie ein Priester etwa. »Du bist besoffen von dem Zeugs«, sagte Horstmann.

»Das bin ich nicht«, sagte der Junge. Dann ließ er sich auf das Bett fallen.

Horstmann ging zurück in das Schlafzimmer. Er sah, wie seine Frau eine Tablette gegen ihre Herzgeschichte nahm. »Es ist in Ordnung«, sagte er, »es ist in Ordnung. Er ist nur übermüdet und ein bisschen durcheinander.« Er dachte: Ich werde mich jetzt anziehen und ins Labor fahren. Es hat wenig Sinn, in diesem Haus zu hocken mit diesen Leuten, die ich meine Familie nenne. Ich muss Ocker breitschlagen, dass er mich an ein paar hübsche Weiber heranbringt. Und das Geld darf ich nicht vergessen.

Er spielte wieder ein wenig mit Zahlen. Er begann bei zwanzigtausend, stieg dann über vierzigtausend auf fünfzigtausend, überlegte den Wert seiner Person, stieg auf siebzigtausend, sah das Gesicht des Chefs, das immer so ungeheuer verantwortungsbewusst und fett war, und war dann bei hunderttausend angelangt. Er würde also hunderttausend verlangen. Das war durchaus angemessen, und er war ganz sicher, dass nichts schiefgehen konnte. Er hatte aufgehört, nichts anderes zu sein als ein hochqualifizierter Chemiker in der Forschung. Man schuldete ihm etwas, o ja, man schuldete ihm verdammt viel.

»Ich ziehe mich an«, murmelte er, »ich kann ohnehin nicht mehr schlafen.«

»Aber es ist so früh«, sagte sie nervös.

Immer, wenn ihr Herz Schwierigkeiten machte, war sie nervös; wahrscheinlich hatte sie dann Angst. Wer hatte keine Angst, wenn sein Herz so komische Bocksprünge machte, wie Marias Herz das tat? »Ich habe viel zu tun«, sagte er. Er nahm seine Sachen und ging hinüber ins Bad.

Zuweilen überfiel ihn wie eine Explosion der Gedanke, sie könne an ihrem Herzleiden sterben. Dieser Gedanke war nur in den ersten Sekunden erschreckend, später wurde er sanfter und drastischer. Was war dabei, wenn Maria nicht mehr war? Konnte sie nicht ohnmächtig werden und auf der Kellertreppe stürzen? Man würde sie finden. Er selbst oder Sabine oder der Junge. Nein, besser nicht er selbst. Chemikern traute man immer gleich kleine Nachhilfen zu bei tödlichen Unfällen im Haushalt. Aber bei Maria würde selbst ein Polizist nicht auf eine solche Idee kommen. Selbst Polizisten mussten zugeben, dass Maria eine wundervolle Hausfrau gewesen war. Vom Teuflischen in ihrem verdammten Defensivspiel hatte der Polizist keine Ahnung.

Horstmann hatte schon oft darüber nachgedacht, wie er sich als Trauernder an ihrem Grab ausnehmen würde. Aber er hatte auch daran gedacht, dass ihr Tod für ihn vieles leichter machen würde. Zum Beispiel die Sache mit den Frauen. Menschen dachten nun einmal so etwas, er fand das nicht absurd. Natürlich würde Marias Tod zunächst Unannehmlichkeiten mit sich bringen. Man war ein wenig bequem geworden mit der Zeit. Das Essen stand immer auf dem Tisch, immer gab es saubere Unterwäsche. Die Ehe war eine Sache für die Bequemlichkeit. Man konnte sie aus vielen Perspektiven betrachten, aber bequem war eine Ehe letzten Endes immer. Jedenfalls eine Ehe mit einer Frau wie Maria.

Er rasierte sich sorgfältig und malte sich aus, was die nächste Woche bringen würde. Er würde viel Arbeit haben. Ocker auch. Denn er wollte Ocker dabei haben, wenn er daranging, die Tierchen zu töten. Ocker würde ihm mächtig einheizen mit seinen schmutzigen Witzen, und vielleicht kam ihm dabei eine Idee, wie man sich amüsieren könnte.

Horstmann lächelte zaghaft. Es war schon großartig, eine Zukunft zu haben und genügend Intelligenz zu besitzen, seine eigene Familie glatt und schmerzlos zu vergessen.

Das konnte man zunächst einfach dadurch erreichen, indem man die Probleme der Frau, der Tochter und des Sohnes einfach nicht zur Kenntnis nahm. Das half schon sehr viel, das war ein enormer Fortschritt. Er dachte belustigt: Von heute an bin ich Untermieter in dieser Familie hier. Sie gehen mich alle nichts mehr an.

Im Labor war es kühl und still. Nur Bachmann, der Junge, war schon da, der so eifrig sein Praktikum betrieb, als steuere er direkt auf einen Nobelpreis zu.

»Ich brauche noch ein paar Kiefernfresser«, sagte Horstmann. »Und besorgen Sie bitte einen Haufen Kiefernzweige. Rufen Sie doch mal im städtischen Forstamt an oder so!«

»Natürlich«, sagte Bachmann. »Haben Sie schon eine Idee?«

»Nicht die Spur«, murmelte Horstmann, »aber irgendetwas wird schon dabei herauskommen.« Er hatte nicht mehr die Zuversicht, die beim Rasieren in ihm gewesen war. Vielleicht war es doch nicht so einfach, eine Familie so zu behandeln, als existiere sie nicht. Es war schlecht möglich, die Kinder einfach vorbeilaufen zu lassen. Und immerhin bestand die Möglichkeit, dass Sabine noch einmal mit ihm sprechen wollte.

Wie üblich kam Ocker mürrisch herein. Er hatte wahrscheinlich zu Hause noch mehr getrunken und einen Kater.

»Morgen.« Er kratzte sich an der Stirn.

»Guten Morgen«, sagte Horstmann. »Ich muss mit dir sprechen.«

»Erzähl mir einen Witz«, sagte Ocker. »Mehr schaffe ich heute morgen nicht.«

»Nein, nein«, sagte Horstmann. »Es geht um diese Würmer da. Hast du die Zelle am Kopfende gesehen? Dieses graue Ding, das so aussieht wie ein Gehirn oder wie ein Herz?«

»Habe ich«, sagte Ocker und fuhr quengelnd fort: »Sag mir bloß nicht, ich soll heute arbeiten.«

Horstmann grinste. »Nur ein bisschen«, sagte er. »Du bist doch so ein kleiner Einstein, was diese Zellen anbelangt. Mach mir ein paar Analysen von dem Ding. Ich möchte wissen, aus was dieses vermaledeite Hirnchen besteht.«

»Heiliger Vater!« Ocker griff sich mit einer übertriebenen Geste an den Kopf. »Willst du vielleicht wieder mal einen Nonstopflug veranstalten?«

Nonstopflug nannten sie eine bestimmte Arbeitsweise, die darauf hinauslief, ohne Pause an einem Problem zu arbeiten, bis es erledigt war.

»Ich kann's versuchen«, sagte Ocker matt. »Aber ich besorge mir erst was zu trinken.« Unter normalen Umständen und bei einem anderen Partner hätte er mit einem entschiedenen Nein geantwortet, aber es war dumm, Horstmann einen Korb zu geben. Horstmann erreichte fast immer, was er wollte. Und er teilte seinen Erfolg. Und Ockers Gehaltsverbesserungen waren regelmäßig die Folge einer Zusammenarbeit mit Horstmann gewesen. Deshalb gab er nach.

»Trink ein Bier, mach deine Mikroskope zurecht und all das Zeugs, was du brauchst.« Horstmann stand am Fenster und sah hinunter auf die Straße. Es war wirklich wichtig, das Problem der Kiefernfresser zu erledigen. Denn er wollte das Geld.

In den ersten Tagen ihrer Versuche, die sie mit beinahe kindlicher Hetze vorantrieben, geschah nichts. Sie arbeiteten durchschnittlich von morgens um sieben mit einer kurzen Mittagspause bis abends gegen neun oder zehn Uhr.

Diese ersten Tage waren die Tage Ockers, denn er versuchte mit allen zur Verfügung stehenden Methoden, die Zelle am Kopf der Würmer anzuschneiden und brauchbare Analysen der Masse zu finden. Das gelang nicht.

Ocker war verzweifelt. »So etwas Dämliches. Seit wann flutscht einem eine Zelle förmlich durch die Finger? Wenn es eine Mikrozelle wäre, könnte ich es begreifen, aber diese Zelle hat in der Regel zwei Millimeter Durchmesser. Ich begreife das nicht.«

»Vielleicht ist es keine Zelle, vielleicht ist es ein Zellverband?«, fragte Horstmann. Er war mit diesem Zustand zufrieden, denn er machte ihn so erschöpft, dass er sich um Maria und die Kinder beim besten Willen nicht kümmern konnte.

»Kein Zellverband«, sagte Ocker. Er schüttelte heftig den Kopf. »Mein Mikroskop ist gut genug, ich würde Zellen voneinander unterscheiden können, aber es gibt keine Trennwände und auch keinen Stoff, den man als Trennwand bezeichnen könnte. Wenn ich versuche, die Zelle freizulegen, schmilzt sie weg wie ein Stück Eis unter der Sonne.«

Horstmann stand am Fenster und murmelte: »Stell dir vor, Sabine ist keine Jungfrau mehr.« Er hatte die ganzen Tage über daran denken müssen. Warum sollte er es nicht Ocker mitteilen? Ocker hörte zu.

»Na und?« Ocker lachte. »Ich weiß nicht, ob du noch in dieser Welt lebst. Heute nehmen Dreizehnjährige die Pille. Was ist schon dabei? Sabine ist siebzehn. Und sie ist schnuckelig.«

Das ärgerte Horstmann. Ocker hatte kein Recht, Sabine als »schnuckelig« zu bezeichnen. Schnuckelig war ein ekliges Wort, fand er. Ocker hätte sagen können »hübsch« oder »kess« oder »nett«. Aber schnuckelig! »Willst du damit sagen, dass du so etwas als Vater billigen würdest?« Darauf konnte Ocker schlecht antworten, denn Ockers hatten keine Kinder. (Wahrscheinlich, weil sie keine wollten.)

Ocker grinste und ging hinüber zu seinen Mikroskopen und Gewebeschnitten, um sich eine Flasche Bier zu holen. Als er zurückkam, sagte er: »Ich weiß, was du denkst. Du denkst: Ocker hat keine Kinder gezeugt, also kann er auch nicht über Kinder diskutieren. Aber so ist das nicht. Es kommt nämlich gar nicht darauf an, ob du das als Vater billigst oder nicht.«

»Wieso das?«, fragte Horstmann.

»Weil Sabine dich gar nicht erst fragt«, Ocker grinste unverhohlen. »Du bist schon ein Merkwürdiger. Du lebst in dieser Welt, nicht im Neandertal.«

»Na ja«, murmelte Horstmann, »ich fand es lediglich beschämend, dass ich von alledem nichts gewusst habe. Harald raucht Hasch.«

»Das ist so ungefähr dasselbe«, sagte Ocker fröhlich und nicht im geringsten beeindruckt. »Erst strampelt ihr euch im Bett ab und macht Kinderchen, und dann wollt ihr, dass diese Kinderehen genau nach euren Vorstellungen leben. Eine komische Rasse, die Eltern! Eine ganz komische Rasse. Erst setzt ihr sie in die Welt, dann verlangt ihr, sie sollen so steril leben wie ihr. Und wenn alles nicht hilft, macht ihr sechs Bausparverträge und traktiert die Kleinen mit einer Erbschaft. Ihr wisst gar nicht, was für Arschlöcher ihr seid. Entschuldige schon, aber ihr wisst es wirklich nicht. Anstatt mit der eigenen Frau nichts als fröhlich zu sein und die Kinder laufen zu lassen und ihnen zu helfen, wenn sie wollen, seid ihr im Bett keusch wie Räucheraale und ›helft‹ den Kindern mit aller Gewalt. Weißt du was? Wenn ich heute Kind wäre, würde ich als erstes für die Abschaffung der Eltern auf die Straße gehen. Entschuldige schon, aber ihr seid wirklich Arschlöcher mit euren Kummerfalten und euren Bausparverträgen.«

Horstmann zuckte die Achseln. Man konnte mit Ocker tatsächlich nicht über solche Dinge sprechen, wahrscheinlich lag ihm diese Materie zu fern, er machte es sich zu einfach. Er nahm die Welt mit einem großen Grinsen in die Arme, fand »alles ganz natürlich« und lebte so vor sich hin. Man konnte wirklich nicht mit ihm über Sabine oder Harald sprechen. Ocker mochte Probleme nicht.

»Maria hat mir vorgeschlagen, Sabine nicht in ein Internat zu stecken. Sie sagt, dort würden sie onanieren oder sich mit dem Gärtner amüsieren.«

»Das stimmt wohl«, sagte Ocker beiläufig, »Da gebe ich Maria Recht.«

»Woher weißt du das?« Horstmann war jetzt begierig.

»Weil meine Frau es gesagt hat«, murmelte Ocker. »Mir kommt da gerade eine Idee. Vielleicht kriege ich die Zelle annähernd frei, wenn ich das Gewebe um sie herum bis auf einen hundertstel Millimeter wegschneide. Vielleicht kann ich sie dann lange genug erhalten.«

»Versuch das«, murmelte Horstmann.

Aber das gelang nicht so schnell. Am hinderlichsten erwies sich dabei die umgebende Masse der Zelle, die wie Gallert reagierte und die Zelle beim leichtesten Druck von der Schneide des winzigen Skalpells wegdrückte.

»Aber ich kann das Zeug doch nicht in einen Schraubstock klemmen.« Ocker quengelte, er quengelte jeden Tag, weil er wusste, dass Horstmann nicht recht weiterkam, wenn es nicht gelang, dieses Gehirn oder Herz oder diese Lebenszelle oder wie immer man diese graue Masse bezeichnen wollte, heil und unangetastet zu isolieren.

Dann, eines Abends, gegen 22 Uhr, war es soweit. Horstmann war bei seinem vierhundertsten Versuch, mit verschiedenen Giftzusammensetzungen irgendeine Reaktion zu erzielen.

Ocker kam hereingestürzt. »Ich habe das Ding«, brüllte er. »Ich bin ein Esel gewesen, ich hätte gleich darauf kommen können.«

»Wie hast du es gemacht?«, fragte Horstmann erschöpft. Sie hatten sich nicht einmal erlaubt, eines der Wochenenden zu benutzen, um sich auszuschlafen.

»Ich habe in einer trägen Lösung gearbeitet, genauer gesagt in hochfeinem Maschinenöl. Jetzt habe ich so ein Ding. Und es pulsiert weiter.«

»Ich werd' verrückt«, sagte Horstmann. Er rannte hinüber in Ockers Labor und sah Ockers Erfolg. Er sparte nicht mit Lob. »Du bist schon wer«, sagte er. »Wie willst du die Analyse machen?«

»Ich nehme das Ding raus, bringe es auf einen Objektträger und berechne die Masse. Danach gehe ich in die Detailanalyse.«

»Wie lange wird das dauern?«

»Ich weiß es nicht«, sagte Ocker. »Nicht länger als einige Tage. Vielleicht drei oder vier. Hast du einen Schnaps?«

»Nein«, sagte Horstmann. »Mach mir die Messung der Gesamtmasse noch in dieser Nacht.«

»Wie du willst«, sagte Ocker. »Ich hab' dich lange genug aufgehalten.«

»Nicht du«, sagte Horstmann gutmütig, »die lieben Würmchen waren es.«

Ocker war um drei Uhr fertig mit der Messung. Das Gewicht ergab einen sehr hohen Wassergehalt der Zelle. Aber noch wussten sie nicht, wie hoch der Wassergehalt exakt war.

»Lass uns schlafen gehen«, sagte Horstmann. »Wir machen morgen weiter.«

Sein kleines Haus lag dunkel wie ein Boot ohne Besatzung. Er hatte beinahe Furcht davor. Er war sehr erschöpft. Als er die Garagentür schloss, spürte er in der linken Seite seines Brustkorbes einen kurzen, stechenden Schmerz, der bis hinunter in seinen linken Arm fuhr. Ich darf mich um so etwas nicht kümmern, dachte er. Das ist ganz natürlich, ich bin total erschöpft. Wir arbeiten zu viel, Ocker und ich.

Der Schmerz kam nicht mehr wieder, obwohl Horstmann geradezu aufgeregt in sich hineinhorchte.

»Du kommst immer so spät«, sagte Maria. Es war kein Vorwurf darin, nur Anteilnahme.

»Wir arbeiten an diesen verdammten Würmern, bis wir sie kriegen«, sagte er. »Ich wollte dich nicht stören.«

»Du störst nicht«, sagte sie mit abgewendetem Gesicht. »Ich bin immer etwas ruhiger, wenn ich dich im Garten mit dem Hausschlüssel klappern höre, obwohl es doch eigentlich Blödsinn ist.«

Mit einem Satz konnte sie eine Zärtlichkeit bauen und mit dem nächsten wieder zunichte machen. »Was ist daran Blödsinn?«, fragte er. »Es tut doch gut zu hören, dass man gefragt ist.« Er log schlecht, aber immerhin war es besser zu ertragen.

»Du bist immer mehr weg«, sagte sie. »Du kommst nur noch nach Hause, um zu schlafen, ein wenig zu essen und dann wieder zu gehen. Wann wirst du eines Tages ganz ausbleiben?«

Horstmann gestand sich widerwillig ein, dass diese Frage sehr logisch war. Im Grunde hatte Maria Recht. Eines Tages, schon bald, würde er einfach nicht wiederkommen.

5. Kapitel

Horstmann musste Maria in Sicherheit wiegen, er musste ihr die Angst nehmen, dass er eines Tages wegbleiben könnte. »Rede nicht solches Zeug«, sagte er und warf sich über sein Bett. Er küsste sie leicht, und er empfand nicht sonderlich viel dabei. Er war nur sehr schnell erregt.

»Du wirst mich allein lassen«, sagte sie, und sie hielt seinen Kopf mit beiden Händen fest.

»Nein.«

»Doch«, sagte sie. »Und ich möchte wissen, was ich falsch gemacht habe.« »Nichts«, sagte er. Dann küsste er sie flüchtig, aber sie biss ihn mit einer beinahe tierischen Angriffslust. Sie murmelte: »Ich will doch alles tun, was du sagst.«

Er war in Versuchung zu sagen, dass es sicher eine Menge Frauen gab, die alles das taten, ohne darum gebeten zu werden. Er wollte sich von ihren Armen befreien, aber sie ließ das nicht zu. Sie wollte nicht, dass er ihr entglitt, und sie schluchzte ein wenig. »Tu es doch. Ich bin so leer. Wenn ich morgens aufwache und denke, dass dies nur ein Tag wie jeder andere wird, macht es keinen besonderen Spaß zu leben.«

Horstmann tat es. Er tat es wie immer, und er gab sich keine große Mühe dabei. Nur einmal sagte er keuchend: »Zum Teufel, sei doch kein Fisch. Tu doch, was du willst! Hol dir doch alles, was du brauchst!«

Da schluchzte sie wieder, und es gab keinen Höhepunkt und keine Sekunden nebelhafter Hemmungslosigkeit. Sie schluchzte noch immer, als er schon halb eingeschlafen war. Sie fragte: »Kann eigentlich mein Herz plötzlich nicht mehr mitmachen?«

»So ein Blödsinn«, sagte er matt. »Der Arzt hat mir selbst gesagt, du könntest hundert Jahre alt werden.« Dieser Gedanke erschreckte ihn maßlos. Maria einhundert Jahre alt. Fast sechzig Jahre noch defensives Gekicher, scheues Getue. Unter diesen Umständen würde es besser sein, wenn sie eine ihrer Herzattacken nicht überstand. »Du wirst hundert Jahre alt«, wiederholte er.

»Wenn ich glücklich bin«, sagte sie bitter.

»Es wird wieder besser«, sagte er. Irgendwann schlief er ein.

Dann kam der Tag, der Ocker und ihn einen Schritt weiterbrachte,

Ocker kam hereingestürzt und sagte: »Ich habe Detailanalysen!«

»Wie sehen die aus?«

»Ja, das ist komisch«, sagte Ocker. »Die Zelle besteht zu 95 Prozent aus Wasser. Der Rest sind Enzyme und Fermente. Wir können davon ausgehen, dass diese Stoffe als Katalysatoren wirken. Wenigstens nehme ich das an.«

»Das klingt nicht gut«, sagte Horstmann. »Je simpler eine Zelle gebaut ist, desto schwieriger ist es, sie auszuschalten.«

Ocker wollte die Sache ein wenig ins Lächerliche ziehen, er wollte ihr die Bedeutung nehmen. So sagte er wie ein Abiturient: »Kennst du den Witz von der Nutte, die auf ...«

»Hör auf!«, sagte Horstmann. »Wir sollten dieses Ding nicht mehr als Zelle beschreiben, sondern als Gehirn. Zelle passt nicht«

»Wie du willst« maulte Ocker. »Aber damit kommen wir nicht weiter.«

»Nein«, murmelte Horstmann. »Wir sehen uns in der Kantine.«

Ocker ging hinaus wie jemand, der verprügelt worden ist.

Horstmann rauchte die zwanzigste Zigarette an diesem Morgen. Er hatte sich vorgenommen, Selbstkontrolle zu üben. Das begann damit, dass man zunächst einmal feststellte, wie viel man eigentlich rauchte.

Plötzlich stand Binder in der Tür. Er war ein unscheinbares Männchen, aber es war wichtig, so zu tun, als möge man ihn. Binder war der Finanzchef, der oberste Buchhalter. Von ihm hing es zuweilen ab, ob man einen Vorschuss bekam oder nicht.

»Welche Ehre«, sagte Horstmann. Er gab sich vollkommen zerstreut.

»Für mich ist es keine«, sagte Binder. »Ich suche eine Schreibmaschine.«

»Eine Schreibmaschine?« Horstmann war einen Augenblick lang verblüfft.

Binder nickte wichtig. »Der Bestand an Maschinen weist einen Fehler auf. Aber hier ist keine. Haben Sie eine mit nach Hause genommen?«

»Nein.«

»Natürlich, natürlich«, Binder wirkte nervös. »Sie arbeiten verflucht viel. Das weiß ich aus den Tagebüchern des Labors.«

»Man tut, was man kann.« War dieser Binder eine miese Type!

»Haben Sie das Mittel schon?«

Horstmann ließ sich verleiten. Er wollte Binder ducken. Er sagte: »Man findet alles, wenn man will. Wir sind ziemlich weit.«

Binder starrte auf die Straße. »Ich möchte nicht wissen, was die Konkurrenz von drüben dafür bezahlt.«

»Ich bin nicht käuflich«, sagte Horstmann.

»Natürlich nicht«, sagte Binder. »Ich meinte ja auch nur, was man für einen Haufen Geld verdienen könnte, wenn man irgend jemandem einen kleinen Zettel in die Tasche rutschen ließe.«

»So was!« sagte Horstmann empört.

»Das trifft nicht auf Sie zu«, sagte Binder rasch. »Aber trotzdem: Zweihunderttausend sind drin, schätze ich.«

»Möglich. Vielleicht auch mehr. Was soll's?«

»Überlegen Sie sich die Sache doch einmal«, sagte Binder beiläufig.

»Wie bitte?« Horstmann war sprachlos.

Binder begann zu lachen. »Nur ein Scherz«, murmelte er, »nur ein kleiner Scherz.« Aber er wirkte noch immer nervös. »Hier ist die Maschine also nicht, Machen Sie's gut.«

Horstmann sah Binder nach, ohne zu antworten.

Das Telefon klingelte. »Der Chef will Sie sprechen«, sagte die Frau.

»Was will er denn?«

»Ich weiß es nicht. Er ist nervös.«

Hinter dem mächtigen Schreibtisch wirkte das fette Grinsen des Chefs unappetitlich.

»Horstmann, Horstmann, kommt ihr weiter?«

»Es ist schwer«, sagte Horstmann. »Sind die anderen Gruppen weitergekommen?«

»Nicht die Bohne«, sagte der Chef. Er hatte Hände, von denen man unwillkürlich annehmen musste, sie seien dazu geschaffen, drallen Kellnerinnen in den Hintern zu kneifen. »Wie weit sind sie?«

»Wir kennen die Steuerungszelle«, sagte Horstmann vorsichtig. Wenn eine Sache nicht zu hundert Prozent abgeschlossen war, sollte man nicht darüber sprechen.

»Die Konkurrenz ist nicht weiter«, sagte der Chef.

Das irritierte Horstmann. »Woher wissen Sie das?«

Der Chef lachte. »Mein Gott, Sie sind naiv. Sie sind so harmlos wie ein Damenstift. Ich habe nachgesehen im Stundenbuch des Forschungslabors. Sie arbeiten mit Ocker zusammen. Sie machen mehr Überstunden als reguläre Arbeitszeit. Sie wühlen wie ein Verrückter. Da habe ich gedacht: Wenn einer so an der Sache hängt, muss er etwas wissen. Und dann hatte ich die Hoffnung, wir könnten es schaffen. Ich habe, nun ja, ich habe Verbindungsleute bei der Konkurrenz. Die sagen, sie sind noch nicht weitergekommen.«

»Auch bei den Ausländern?«, fragte Horstmann erschrocken. Verbindungsleute! Wie harmlos das klang! Aber wahrscheinlich war es ziemlich schmutzig.

»Die DDR ist nicht weit, die Bundesrepublikaner sind nicht weit. Die Japaner gehen langsam vor. Die Amerikaner sind sicher, dass sie die ersten sein werden, aber sie wissen überhaupt noch nichts.«

»Nun ja«, sagte Horstmann, »das klingt gut.« Aber es stieß ihn ab. Er hatte irgendwo gelesen, dass 95 Prozent der sogenannten Industriespionage niemals aufgedeckt wurden. Es war kein Wunder bei dieser Vorspiegelung an protziger, aufgeblasener Seriosität. Sie bissen sich wahrscheinlich eher selbst in den Hintern, als zuzugeben, Spione zu bezahlen oder gar ausspioniert worden zu sein. Er konnte ruhig einmal ironisch werden. Er konnte ruhig fragen: »Und wie steht es mit unserem Betrieb: Wer arbeitet bei uns für die Konkurrenz?«

»Keiner«, sagte der Chef.

Das klang im ersten Augenblick sehr überzeugend. Es klang selbstzufrieden und wie ein Rülpser. Aber Horstmann glaubte schon nicht mehr daran, als er das Zimmer verließ.

Da war Binders Bemerkung, dass man für eine solche Sache zweihunderttausend bekommen könnte. Wieso war es nicht möglich, dass das Loch in diesem Betrieb Binder hieß?

Das war sogar sehr gut möglich. Immerhin hatte ja Binder als Finanzchef Zugang zu allen wichtigen Dingen, zu allen Forschungsresultaten. Und dann gab es noch ein Detail, das hervorragend dazu passte. Binder war Finanzchef und kannte die Schwierigkeiten jedes Einzelnen. Nichts konnte er leichter ausnutzen als diese Schwierigkeiten. Zudem war er nicht einmal Chemiker. Alles fügte sich sehr gut zusammen.

Ich müsste ihn verpfeifen, überlegte Horstmann. Aber angenommen, er hat wirklich nur einen Scherz gemacht, bin ich blamiert. Es passt im übrigen nicht in die Rolle eines wissenschaftlichen Weltfremden, so etwas herauszufinden. Es passt nicht. Die übrigen Armleuchter sollen weiter von Horstmann denken, was sie bisher gedacht haben.

In der Kantine war es wie immer sehr voll. Irgend jemand hatte Geburtstag, und der ganze Tisch grölte einen Karnevalsschlager.

»Das Proletariat des zwanzigsten Jahrhunderts«, sagte Horstmann ironisch. »Hier arbeiten sie, erzählen sich dreckige Witze, setzen sich in ihre Mittelklassewagen, fahren nach Hause und tun so, als trügen sie Verantwortung. Dafür werden sie von ihren Ehefrauen angehimmelt und manchmal ein bisschen beschissen, nur das Denken haben sie verlernt.«

»Hör auf«, sagte Ocker, »du kannst selbst das mieseste Essen noch schlechter machen mit deiner Art zu reden.« Er beugte sich zu Horstmann hinüber und murmelte: »Meine Alte hat ein Buch gekauft, in so einem Esoshop. Stellungen sind da drin, Junge, Stellungen!«

»Du wirst dir eines Tages einen weiblichen Unterleib aus Schaumgummi kaufen und im Labor Versuche anstellen«, murmelte Horstmann.

»So was gibt's schon«, murmelte Ocker grinsend.

Horstmann lachte. »Dann versuch mal die Stellungen«, sagte er. Am Nebentisch saßen die Sekretärinnen der Geschäftsleitung. Sie hatten gelangweilte Gesichter, als wüssten sie alles von dieser Welt. »Da nebenan«, sagte Horstmann, »die Blonde da. Wäre die als Versuchskarnickel nicht besser?«

»Vielleicht«, sagte Ocker. »Aber so was kostet Geld.«

»Das ist wahr«, gab Horstmann zu. Er dachte wieder an das Geld.

Dann fanden sie die Lösung: Sie wurde ihnen geschenkt.

Horstmann saß gegen zehn Uhr abends in seinem Keller. Er versuchte, herauszufinden, ob sich die Gehirne der kleinen Tierchen in ihrem Aufbau glichen oder ob die einzelnen Bestandteile scheinbar wahllos in der Masse aus Wasser verstreut waren. Er fand heraus, dass die Menge an Enzymen und Fermenten immer die gleiche, dass aber jedes Gehirn anders gebaut war. Bei einigen lagerten diese Stoffe unmittelbar an der Wand des Hirns, bei anderen wiederum bildeten sie einen Zellkern, der exakt in der Mitte schwamm.

»Es ist zum Kotzen«, sagte er laut. Dann rief er: »Maria! Komm doch mal runter!«

Er hörte ihre zögernden Schritte auf der Kellertreppe, wahrscheinlich waren ihre Beine steif vom Sitzen vor dem Fernsehapparat. »Was ist denn?« Sie wirkte verschlafen und ein wenig zärtlich. Er hatte sie gerufen, und das geschah nicht oft.

»Du weißt noch eine Menge«. sagte er, »du weißt noch von früher eine Menge. Ich bin zu blöde!«

Das hatte er noch nie gesagt. »Ich bin einfach zu blöde. Wahrscheinlich sehe ich den Wald vor lauter Bäumen nicht mehr. Das hier ist eine Steuerungszelle. 95 Anteile Wasser, der Rest sind Fermente, Enzyme, Spurenelemente in ganz geringen Dosen. Und wir kommen nicht ran an dieses kleine Hirn.«

»Wieso nicht?«, fragte sie. Es war ihre Chance. Großer Gott, sie hatte ihre Chance. Er sagte, er sei blöde, und es war so einfach. Es war etwas für einen Abiturienten. Sie hatte ihre Chance.

»Was bekomme ich für die Lösung?«, fragte sie.

»Zwanzigtausend Mark.«

»Von dir?«

»Von mir. Ich werde Geld genug haben, wenn ich es schaffe.«

Er hatte nicht gemerkt, dass er einen schweren Fehler beging. Er hatte nicht darauf geachtet, was er sagte.

»Ich will kein Geld«, sagte sie, obwohl sie sein Versprechen ernst nahm und überlegte, wie er ihr so etwas versprechen konnte. »Ich will dich.«

»Na gut«, sagte er. »Von mir aus.« Es war idiotisch. Sie konnte doch so eine komplizierte Sache nicht aus dem Ärmel schütteln.

»Entferne das Wasser aus dem Gehirn, und es kann nicht mehr denken«, sagte sie.

»Wie bitte?«

Sie war heiter, sie war ausgelassen. »Wenn dieses Ding zu 95 Teilen aus Wasser besteht, dann brauchst du doch bloß das Wasser abzuzapfen. Und womit zapft man Wasser ab?«

»Mit hygroskopischen Stoffen«, murmelte er. Um Gottes willen, wie hatten sie daran vorbeilaufen können?

»Wie viele solcher Stoffe gibt es?«, fragte sie. Sie kostete jede Sekunde dieser Chance.

»Ziemlich viele«, sagte er. »Vor allem ist da ...«

»Natron«, murmelte sie. »Natronlauge. Die Kristalle der Natronlauge, begreifst du?«

»Ja«, sagte er. Dann küsste er sie. Es war kein Kuss, es war eine Belohnung, und sie kassierte ihn wie eine Belohnung.

»Du bist gut«, sagte sie.

»Wie bitte?«, fragte er. Er wirkte verstört.

»Du küsst mich gut für zwanzig Ehejahre.«

»Ja, ja«, sagte er. Dann stieß er sie zur Seite und rannte die Kellertreppe hoch.

Ocker meldete sich verquollen. »Verdammt noch mal, lass mich doch wenigstens schlafen.«

»Ich habe eine Idee«, sagte Horstmann. Er war sehr heiter. »Ich hole dich zu Hause ab, wir fahren in den Betrieb und arbeiten bis morgen früh durch. Dann haben wir den Stoff.«

»Du bist verrückt«, sagte Ocker. »Ich bin besoffen.«

»Trink einen Kaffee«, sagte Horstmann. »Ich habe nämlich eine Idee. Es ist die Zelle am Kopfende.«

»Das weiß ich«, sagte Ocker, »das steht doch im Bericht der Biologen, das ist kalter Kaffee.«

Horstmann lachte. »Ich weiß. Überleg' einmal, was mit einem Regenwurm geschieht, der in der prallen Sonne auf einem Stein liegt.«

»Er vertrocknet.«

»Er vertrocknet«, wiederholte Horstmann begütigend. »Und nun versetz dich mal in die Lage dieser verdammten starken Zelle. Was passiert, wenn die auf einem Stein liegt?«

»Sie trocknet ein«, sagte Ocker widerwillig interessiert, »aber sie bleibt erhalten.«

»Und angenommen, du entziehst ihr das Wasser auf einen Schlag? Ich meine ruckartig?«

»Du bist verrückt. Wir brauchen mindestens vier oder fünf Monate Versuchsreihen. Wir sind doch keine Autoreparaturwerkstatt.«

Horstmann murmelte: »Ich will morgen früh dem Alten ein Ergebnis vorlegen. Ich brauche dich. Ich hol dich ab.« Er hängte ein, und er war seiner Sache sehr sicher.

Natürlich stand Ocker schon vor dem Haus. Er sagte: »Woher nimmst du die Sicherheit, das Zeugs heute Nacht noch zu finden?«

Horstmann benahm sich ein wenig albern. »Ich habe keine Gewissheit, ich habe eine Spur. Und meine Nase ist gut.«

Ocker hockte sich seufzend auf den Nebensitz und war augenblicklich wieder eingeschlafen, Horstmann fuhr durch die Nacht und dachte: Wenn ich es finde, werde ich mich besaufen und irgendeine schweinische Hure nehmen oder so etwas. Aber er war zugleich sicher, dass er niemals in ein Bordell gehen würde. So etwas war ihm zu dreckig.

Sie schalteten im Korridor die Neonröhren ein, nachdem die Nachtwache sie mit dem üblichen Misstrauen hatte passieren lassen.

»Wir versuchen es auf dieser Basis«, sagte Horstmann und gab Ocker einen Zettel.

»Oh«, sagte Ocker, »du glaubst, dass so etwas möglich ist?«

»Ich weiß es nicht«, sagte Horstmann, als gehe es um Sekunden. »Ich habe Kiefernzweige mitgebracht.« Er ließ die Tür seines Labors hinter sich zufallen und rief am Pförtnerhaus an, man möge ihm die Kiefernzweige bringen.

Sie arbeiteten die ganze lauwarme Nacht hindurch, bis Horstmann die richtige Zusammensetzung gefunden zu haben glaubte, »Wir brauchen eine Dose mit Treibgas«, sagte er.

Ocker war jetzt sehr aufgeregt. Er antwortete nicht einmal, sondern lief hinaus. Horstmann hörte ihn den Gang entlanglaufen und lächelte.

Die Würmer hockten auf dem Kiefernzweig – es war der siebte – und fraßen ihn. Wenn man das aus einer nicht zu geringen Entfernung betrachtete, so sah es aus wie eine Pflanze mit sich windenden rosaroten Blüten.

Horstmann summte: »Soldaten wohnen auf den Kanonen ...«

»Wir haben zwei Dosengrößen«, sagte Ocker atemlos. »Nimm erst die kleinere.«

Sie füllten die Flüssigkeit sehr sorgfältig hinein, und Ocker lief hinaus, um Treibgas zuzusetzen. Als er zurückkam, hechelte er wie ein Jagdhund. »Darf ich?«, fragte er.

»Du darfst«, sagte Horstmann.

Ocker sprühte ein Knäuel der Würmer direkt an und brüllte sofort: »Sie gehen ein, sie krepieren!«

»Langsam«, sagte Horstmann. Er sah, wie die kleinen, rötlichen Leiber sich wanden und dann ausgestreckt liegen blieben. Er sagte: »Es ist nur so, als hätte man ihnen eine Evipanspritze gegeben. Stell dich auf den Schemel da.«

Ocker begriff nicht.

»Stell dich auf den Schemel, damit das Zeug nicht so konzentriert herunterkommt«, sagte Horstmann. »Verdammt noch mal! Begreif doch! Es soll aus Flugzeugen versprüht werden. Halte die Dose so hoch wie möglich. Außerdem wissen wir nicht einmal, ob sie verreckt sind.«

Ocker stellte sich auf den Schemel. »Ich wollte, ich hätte einen Steinhäger.«

»Im Vorzimmer vom Chef ist etwas im Eisschrank«, sagte Horstmann. »Hol es erst! Du zitterst ja wie ein Säufer!«

»Ich bin müde und aufgeregt«, sagte Ocker. Er war beleidigt, dass Horstmann das nicht begreifen konnte, und ging auch beleidigt hinaus. Aber das dauerte nur Sekunden.

Horstmann hörte ihn, wie er singend den Gang entlanglief. Er dachte daran, dass er schon einige Male auf diese Art Erfolg gehabt hatte. Man musste den Gegner nur lange genug beobachten, um ihn dann einfach an der schwächsten Stelle zu fassen und zu töten. Er hatte fast vergessen, dass Maria ihm die Lösung geschenkt hatte. Aber das war auch nicht wichtig. Alles andere war jetzt nicht mehr so sehr wichtig. Mit Ausnahme des Geldes natürlich.

Ocker kam mit einer dunkelgrünen Flasche zurück. »Ich habe schon getrunken«, sagte er. »Das Zeug ist eiskalt. Es schlägt einem ein Loch in den Bauch. Sind die nun wirklich tot?«

»Wahrscheinlich«, sagte Horstmann. »Bring eine von diesen Sauereien unter das Mikroskop. Wenn die Zelle noch funktioniert, habe ich mich geirrt. Aber zuerst aus größerer Höhe sprühen.«

Er nahm Ocker die Schnapsflasche aus der Hand und trank. Es war irgendein Anisschnaps, den er nicht kannte. Er musste vorsichtig sein, er durfte nicht zu viel trinken. Ein Betrunkener, dachte er erheitert, ist ein schlechter Erpresser.

»Sie sind tot«, brüllte Ocker von nebenan. »Wir haben es geschafft.«

»Wir haben noch nichts«, sagte Horstmann. »Wir müssen jetzt erst abwarten, wie die Bäume reagieren und wie die übrige Tierwelt reagiert.«

»Aber wenn du es dem Chef sagst, bist du der Größte«, sagte Ocker grinsend.

»Das machen wir gemeinsam«, sagte Horstmann gutmütig. Eines war vollkommen sicher: Der Chef wusste in jedem Fall, dass Ocker die Nebenrolle spielte.

»So was!«, sagte Ocker. »Die Zelle löst sich auf. Sie schrumpft. Jetzt Weiber und was zu saufen.«

»Es ist fünf«, sagte Horstmann. Er war gierig.

»Ich weiß einen Puff«, rief Ocker. »Da kann man auch trinken. Bis der Chef kommt, sind es noch drei Stunden.«

»Gut«, sagte Horstmann. Er wusste jetzt exakt, wie er an das Geld kommen konnte.

Das Bordell erwies sich als ein sogenanntes Frühlokal, Horstmann war erleichtert. Es war zwar unübersehbar, dass es eine recht traurige Art von Frühlokal war, in dem die erfolglosen Huren das Strandgut aus dem verölten Tümpel der Nacht herauszuziehen versuchten. Und es blieb ihnen auch nicht erspart, gefragt zu werden. »Habt ihr noch Lust und Geld? Eine Nummer?« Aber immerhin konnten sie in Ruhe etwas essen und sich genüsslich ausmalen, wie der Chef auf ihre Arbeit reagieren würde.

Horstmann sagte Ocker natürlich nicht, dass er daraus Kapital schlagen wollte. Er präparierte Ocker sehr geschickt. Er sagte: »Wir werden nicht nach Hause fahren, uns umziehen und frischgekämmt wie Konfirmanden aufkreuzen. Wir werden so kommen, wie wir sind. Ein bisschen übelriechend und so weiter. Er soll sehen, dass wir die ganze Nacht durchgearbeitet haben. Das macht mehr Eindruck. Und wir werden uns auch nicht anbiedern, wir werden in den Sesseln vor seinem Schreibtisch hocken wie ein vollkommen kaputter Bauarbeitertrupp. Und verbeug' dich nicht bei jedem Wort, das er sagt.«

»Das ist nicht schlecht«, sagte Ocker. »Das hätte ich von dir nicht gedacht, dass du mit solchen Tricks arbeitest.«

»Es fiel mir nur so ein«, sagte Horstmann glaubwürdig belanglos.

Sie fuhren ins Werk zurück, und sie erregten einiges Aufsehen, denn sie verströmten eine sehr intensive Wolke von Alkohol, hatten die Knoten ihrer Krawatten vollkommen losgezerrt und tiefe Ringe unter den Augen.

»Ich rufe dich, wenn es soweit ist«, sagte Horstmann. Er schloss die Tür seines Labors hinter sich und trank aus der Flasche mit dem Anisschnaps einen Schluck. Er fühlte sich zerschlagen, er hatte zu viel geraucht und zu viel gearbeitet, und er dachte, dass diese Art von Arbeit irgendwann einmal zu einem Herzinfarkt führen müsse.

Er hatte sehr viel über Herzinfarkt gehört. Einige hatten behauptet, er beginne mit einem Schmerz, der sehr gewaltig sei und so ähnliche Eindrücke hervorrufe, als versuche man, mit einem Korkenzieher das Herz herauszuholen. Natürlich ohne irgendeine Betäubung. Andere wieder hatte es im Bett erwischt. Die meisten aber hatten plötzlich auf die Toilette gemusst, wie vor einem explosiven Durchfall. Und auf dieser widerlichen Porzellanschüssel hatte dann der Schmerz begonnen. Die meisten hatten noch irgendetwas brüllen können, so dass irgend jemand aufmerksam geworden war. Horstmann fragte sich, wie viele nicht mehr hatten brüllen können.

Er saß ganz still und legte eine Hand auf sein Herz. Er fand beruhigt, dass es stark und gleichmäßig schlage, also brauchte er sich keine Gedanken zu machen. Der Betriebsarzt hatte übrigens erklärt, er, Horstmann, habe ein Herz wie ein Bulle. Trotzdem gab es diese scheußlichen Momente, in denen er glaubte, irgendetwas in ihm müsse zerreißen. Und die Angst vor diesem Riss, so dachte er, ist wohl viel schlimmer als der Riss selbst.

6. Kapitel

Horstmann nahm einen Schluck aus der Flasche. In dem Frühlokal hatte er nur zwei Gläser Bier getrunken, er konnte sich also auf diese Weise etwas Ruhe holen, ohne Gefahr zu laufen, betrunken zu sein.

Er dachte wieder an die Prostituierte, eine fette Frau, deren Alter nicht zu schätzen war, und die sie gebeten hatte, bis zum Bahnhof mitfahren zu dürfen. »Wenn ihr Jungs schon nichts für den Körper wollt«, hatte sie gesagt, »könnt ihr mir wenigstens den Gefallen tun.«

»Wie teuer ist denn so dein Unterleib«, hatte Ocker gefragt. Die Frau wirkte so abstoßend, dass selbst Ocker keine schmutzigen Witze machen konnte. Horstmann dachte, dass Maria ein wenig von dieser Frau haben müsse, um in Ordnung zu sein. Aber sie würde es nie haben, und also war es nutzlos, diesen Gedanken zu analysieren oder fortzusetzen.

Die toten Schädlinge lagen um den Kiefernzweig herum. Erfolg sieht so leicht aus, dachte Horstmann, aber jetzt wird es erst beginnen. Jetzt kommen die endlosen Pflanzenversuche, die mit den Ratten, den Mäusen, den Affen. Vielleicht wird man kanadisches Wild heranschaffen müssen. Er nahm einen der Fresser und legte ihn auf einen Objektträger unter das Mikroskop. Die Zelle war vollkommen verschwunden.

Er rief den Praktikanten Bachmann an und sagte: »Ich brauche noch einen Klumpen Würmer.« Dann hockte er sich auf den Schemel und starrte hinaus auf die Straße, bis Bachmannn mit einer Glasschale kam und grinsend sagte: »Hier ist eine Portion zu fünfzig.«

»Gut«, sagte Horstmann. Er wartete, dass Bachmann die toten Tiere sähe, aber der Junge sah nur in die Glasschale.

Schließlich setzte Horstmann hinzu: »Sondern Sie einen kleinen Klumpen heraus, nehmen Sie da drüben einen kleinen Kiefernzweig und legen Sie ihn auf den Boden. Dann setzen Sie die Würmer an.«

»Jawohl, Herr Doktor«, sagte Praktikant Bachmann.

Horstmann beobachtete ihn leicht amüsiert. Er spürte den Anisschnaps wie eine wohltuende Beruhigungstablette und pfiff irgendeinen Schlager vor sich hin. »Wie alt sind Sie?«, fragte er.

»Vierundzwanzig.«

»Und Ihre Freundin?«

»Neunzehn«, sagte Bachmann.

»Gehen Sie oft mit ihr ins Bett?« Horstmann wusste im gleichen Augenblick, dass das eine dümmliche Frage war.

Bachmanns Kopf kam hoch. Er war jetzt erstaunt. »Na, so wie jeder das macht. Mal ja, mal nein. Es kommt darauf an.«

Horstmann suchte nach einer halbwegs glaubhaften Erklärung für dieses Verhör. »Ich habe eine Tochter, wissen Sie, die ist siebzehn. Und ich bin mir nicht darüber im klaren, ob ich sie nun auf die Menschheit loslassen kann oder nicht.«

Bachmann lächelte wohlwollend. »Wenn Sie sie nicht einschließen, wird sie das selbst besorgen. Wenn sie hübsch ist, hat sie es vielleicht schon selbst besorgt.«

»Nein, nein, das hat sie nicht«, entgegnete Horstmann schnell. »Ich bin weiß Gott freizügig, aber sie war bisher einfach zu scheu. Nun verliert sich das langsam.«

Bachmann beschäftigte sich wieder mit den Würmern. Er sagte: »Ich war mal zu Silvester besoffen, entschuldigen Sie, stark angetrunken. Und morgens habe ich mir ein Mädchen geschnappt. Die war verrückt wie eine Hummel, wie wir so sagen. Sie war die Tochter des Gastgebers und vierzehn Jahre alt.«

»So was!«, sagte Horstmann.

»Ich habe jetzt hundert angesetzt«, sagte Bachmann. Zum ersten Mal sah er Horstmann bewusst an und bemerkte sofort, dass Horstmann sich in einem desolaten Zustand befand. Er fragte direkt, aber immer noch respektvoll: »Haben Sie eine tolle Nacht hinter sich?«

»Man kann es so nennen. Nehmen Sie jetzt die Sprühdose da und sprühen Sie die Tiere an! Halten Sie die Dose dabei hoch über ihren Kopf!«

»Mach' ich.« Bachmann sprühte die Tiere an und fragte: »Ist das ein Isolationsmittel?«

»Nein, nein, ein bisschen mehr ist es schon.«

Bachmann stand still und beugte den Kopf vor. Er konzentrierte sich auf einen besonders großen Wurm, der sich zusammenzog und dann lang ausstreckte, als wollte er schlafen. »Ist das eine Betäubung?«

»Nein. Exitus«, sagte Horstmann zufrieden.

»Ein schweres Gift?«, fragte der Junge.

»Nicht sehr«, sagte Horstmann. »Für Menschen unschädlich. Aber ich weiß noch nicht, wie Tiere reagieren. Und ich weiß noch nicht, wie die Kiefern reagieren. Es entzieht der Zentralstelle in einer Minimalzeit sämtliche Flüssigkeit.«

Bachmann kniete sich auf den Boden und starrte auf die Würmer, die sich je nach individueller organischer Zähigkeit in einer Kettenreaktion wanden und dann ausstreckten, um nicht mehr zu sein. »Was ist das für ein Mittel?« Er schien noch immer nicht ganz begriffen zu haben, was vor sich gegangen war.

»Es ist für die Fresser ein tödliches Mittel«, sagte Horstmann. »Ich habe es heute Nacht gemacht.«

Bachmann stand sehr schnell auf, so dass er ein wenig schwankte. Sind die wirklich tot?«

»Natürlich«, sagte Horstmann belustigt, »bezweifeln Sie es?«

Bachmann wurde ein wenig verlegen. Er sagte: »Es könnte doch sein, dass sie in einer Art Tiefschlaf dahindämmern, um dann plötzlich wieder zu leben und zu fressen.«

»Aber nicht doch«, sagte Horstmann arrogant. »Sie erinnern sich doch an die sehr stark pulsierende Zelle dicht vor den Greifzangen?«

»Ja.«

»Dann sehen Sie durch das Mikroskop da.« Es bereitete Horstmann Freude, einen richtig stämmigen Befehlston anschlagen zu können.

Bachmann ging langsam zu dem Mikroskop hinüber, schaltete die Lampe unter dem Objektträger ein und starrte durch die wundertätigen Prismen. »Die Zelle ist nicht mehr da«, sagte er leise. »Ist das das Mittel?«

»Ja«, sagte Horstmann. »Das ist es.«

Der Praktikant war augenblicklich verschüchtert, er hatte geradezu Angst, »Aber man kann doch nicht in so kurzer Zeit ein solches Mittel finden. So was gibt es doch gar nicht. Wie war das mit dem Flüssigkeitsentzug?«

Er zündete sich eine Zigarette an, sah die Flasche mit dem Anisschnaps und fragte: »Darf ich einen trinken?«

»Sicher«, sagte Horstmann. »Sie haben es nötig, was?«

»Ja.« Bachmann wirkte sehr jungenhaft. »Ich werd' verrückt. Sie haben die Würmer ein paar Stunden in der Hand, und schon haben Sie eine Lösung. Wie macht man so etwas?«

Horstmann winkte müde ab. Es war eine gut einstudierte Geste. »Ich habe keine Lösung gefunden«, sagte er. »Ich habe nur den Ansatz einer Lösung gefunden. Ich weiß, wie ich die Tiere töten kann, ohne ein Gift zu verwenden, das auch Menschen tötet oder ihnen schadet. Das ist alles.«

»Schön«, sagte Bachmann. »Aber wie haben Sie das gemacht?«

Jetzt hatte Horstmann die Gelegenheit zu brillieren und verzichtete nicht darauf. Er hatte noch nie in seinem Leben darauf verzichtet. Er murmelte: »Sie haben mir einen Klumpen Würmer gebracht. Den habe ich genommen und mit nach Hause getragen. Dann habe ich mich vor den Klumpen gesetzt und ihn beobachtet. Vier oder fünf Stunden vielleicht. Ich habe alle Möglichkeiten des Todes, die mir bekannt sind, durchdacht. Dabei bin ich auf die Idee gekommen, die Würmer nicht wie Würmer zu sehen, wie Kiefernfresser, sondern wie Menschen. Verstehen Sie? Nicht wie Fresser, sondern wie Menschen. Und was glauben Sie, ist der schnellste Tod für einen Menschen?«

»Ich weiß nicht«, sagte Bachmann heiser. »Ich habe mich noch nie mit Tod beschäftigt. Ich weiß nur, dass er da ist. Das ist so ziemlich alles.« Er grinste kläglich.

Horstmann winkte wieder einmal müde ab. »Der Tod ist eine Sache, an die man wissenschaftlich herangehen kann, beinahe wie an jede Sache. Ich dachte mir, dass der schrecklichste Tod eine Mischung aus physischem Druck und Angst ist. Also ein Schock, wenn Sie so wollen. Und dann fiel mir die Zelle am Kopfende dieser grässlichen Dinger ein. Diese Zelle war nicht kleinzukriegen. Und woraus besteht eine Zelle? Nun, zumindest beinhaltet sie sehr viel Wasser. Angenommen, ich nehme ihr das Wasser, muss sie dann nicht erschrecken?«

»Das ist ungewöhnlich«, sagte Bachmann fasziniert. Eine Zelle ist doch kein Mensch.«

»Es ist kein Wahnsinn«, sagte Horstmann beinahe heiter. »Wie Sie wissen, kann man Flüssigkeit sehr rasch entziehen. Und dann hatte ich den Stoff.«

Bachmann drehte sich herum und ging wieder zu den toten Schädlingen auf dem Fußboden.

»Sie sind verreckt«, sagte Horstmann vergnügt. Er setzte zynisch hinzu: »Sie können es sogar mit einer Mund-zu-Mund-Beatmung versuchen.«

»Weiß der Chef schon davon?«

»Noch nicht. Aber er wird es bald wissen. Ich denke, wir können jetzt Versuchsreihen mit Tieren und Pflanzen anstellen.«

»Der Chef wird verrückt«, sagte Bachmann. Er war vollkommen geistesabwesend. »Die Firma macht sicher ein Bombengeschäft.«

»Wenn alles klappt, ja. Das war unsere Aufgabe.«

Der Praktikant Bachmann goss sich erneut etwas von dem Schnaps ein. Er murmelte: »Ich will Sie nicht beleidigen damit. Aber wissen Sie, dass man Sie im Mittelalter wegen Hexerei verbrannt hätte?«

Horstmann begann zu lachen, weil die Furcht des Jungen ihn stolz machte. Er, Horstmann, war dem Jungen unheimlich. »Eines Tages werden Sie derartige Stoffe auch finden«, sagte er.

»Ich weiß nicht.« Der Praktikant Bachmann nahm ein Messer und trennte vom Klumpen der Würmer in der Glasschale eine Portion ab. Er legte sie auf den Fußboden, zog sich einen Schemel heran, stellte sich darauf, nahm die Dose und sprühte den Stoff auf die Tiere hinunter. Er verfuhr aus eigenem Antrieb genauso, wie Ocker es in der Nacht nach Horstmanns Anordnung gemacht hatte.

»Bravo«, sagte Horstmann. »Sie sind wirklich talentiert.«

Als die Würmer tot waren, hatte Bachmann seine Angst überwunden. Er begann zu lachen. »Wissen Sie, was man in der Firma über Sie sagt?«

»Nein«, sagte Horstmann scheinbar interesselos. In Wirklichkeit war er begierig, es zu erfahren.

Bachmann drehte sich zu ihm herum und sagte: »Jeder hier hat Sie ziemlich gern. Aber es gibt auch eine Menge Leute, die behaupten, ihre Erfolge seien einfach unheimlich. Sie nennen Sie den Killer vom Dienst.«

»Aber das ist doch ganz unmöglich«, murmelte Horstmann scheinbar bestürzt. Tatsächlich gab ihm dieses Urteil viel Selbstvertrauen. »Wie kann ich ein Killer sein? Normalerweise kann ich keiner Fliege etwas zuleide tun.«

»Schon«, sagte Horstmann, »aber ich kann verstehen, weshalb Sie manchen Leuten Furcht einjagen. Ich spürte die Furcht eben auch, als Sie ihre Überlegungen über den Tod anstellten.«

»Vergessen Sie das«, sagte Horstmann. »Ich versuche lediglich, einprägsame Vergleiche zu finden, die jeder versteht. Das ist alles.«

Ocker kam herein, ohne anzuklopfen. »Der Chef ist da. Ich habe die Aufnahmen der Zellschnitte vergrößern lassen.« Er sah aus wie jemand am Rande totaler nervlicher und körperlicher Erschöpfung.

»Kennen Sie das Mittel schon?«, fragte der Praktikant.

»Natürlich nicht«, sagte Ocker grinsend, »aber ich war dabei, als er es machte.« Dabei deutete er auf Horstmann.

»Ocker und ich arbeiten immer zusammen«, sagte Horstmann lapidar. »Nun machen Sie bitte Folgendes: Sie nehmen einen lebenden Wurm, bringen ihn auf den Objektträger und besprühen ihn mit dem Zeugs. Dabei machen Sie ständig Fotografien. Und zwar so lange, bis die Zelle vollkommen verschwunden ist. Klar?«

»Klar«, sagte Bachmann.

»Und halten Sie die Schnauze, bis wir wiederkommen«, sagte Ocker. Es klang drohend.

Bachmann war verwirrt und wusste nichts darauf zu erwidern.

Ocker tat es sofort leid, dass er den Jungen grundlos angefahren hatte. Er murmelte: »Tut mir leid, ich bin müde. Aber Sie wissen, wie das ist: Wenn wir nicht die Schnauze halten, weiß die Konkurrenz in einer halben Stunde Bescheid.«

»So ist das?«, sagte Bachmann erstaunt. Darauf wäre er nie gekommen.

Gerade als Horstmann mit Ocker sein Labor verlassen wollte, klingelte das Telefon. Es war Horstmanns Frau. Er empfand diese Anrufe als ausgesprochen lästig und hatte ihr deswegen schon häufig Vorwürfe gemacht. Das änderte aber nichts daran, dass sie immer anrief, wenn er eine Nacht über Versuchen gesessen hatte. Irgendetwas Unwägbares, das er absolut nicht verstand, schien sie dazu zu zwingen, ein wenig belegt und ängstlich zu sagen: »Ich habe mir Sorgen gemacht um dich. Schließlich kann immer einmal irgendetwas passieren.«

»Du lieber Gott«, sagte er wütend, »du weißt doch ganz genau, dass ich mich mit diesem Wurmzeugs abgeben musste. Wenn ich mit dem Auto verunglücke, ruft man dich an. Was ist los?«

»Nichts. Ich wollte nur wissen, ob alles in Ordnung ist.«

»Es ist alles in Ordnung. Ich komme wie üblich nach Hause.« Er legte auf.

»Hat sie gedacht, wir sind versumpft, was?«, fragte Ocker.

»Ich weiß nicht, was Frauen denken«, sagte Horstmann. »Ich finde es zu mühselig, das herauszufinden. Lass uns gehen!« Auf dem kahlen Korridor präparierte er Ocker noch einmal: »Zeig also keine Spur von Respekt. Sei einfach müde und kaputt. Und tu manchmal so, als ob du dem Alten gar nicht zuhörst. Ist das klar?«

»Sicher. Für wie dumm hältst du mich?«

Horstmann war ein wenig aufgeregt, als sie in das Vorzimmer traten. Er hatte sich zwar eine Marschroute zurechtgelegt, aber immerhin bestand die Möglichkeit, dass es nicht die richtige war. Er wollte hunderttausend Mark, und der Chef war Kaufmann, nicht irgendein weltfremder Chemiker.

»Haben Sie die Flasche mit dem Anisschnaps aus dem Eisschrank geholt?«, fragte das etwas naive, ältliche Mädchen, das als Chefsekretärin fungierte.

»Ich habe das getan«, sagte Ocker nebenbei, als handele es sich um eine Selbstverständlichkeit. »Wir haben die ganze Nacht gearbeitet.«

»Und was soll ich dem Chef sagen?«

»Zählt er neuerdings seine Schnapsflaschen?«, fragte Horstmann ohne eine Spur von Arroganz. »Dann werde ich selbstverständlich die Flasche ersetzen.«

»Es ist nicht so«, sagte sie unsicher. »Nur ...«

»Schon gut, Kindchen«, sagte Horstmann abwesend, »ich kann Sie ja verstehen.«

Das Mädchen, das ebenso wie der Chef der Meinung war, Horstmann sei den materialistischen Dingen dieser Welt vollkommen fern, sagte: »Das mach' ich schon, Doktor. Wollen Sie etwas Bestimmtes?«

»Zum Chef«, sagte Horstmann. »Sagen Sie ihm, Ocker und ich hätten eine Lösungsmöglichkeit.«

Das Mädchen drückte auf einen Knopf und wiederholte, was Horstmann gesagt hatte.

»Herein mit der Meute«, sagte der Chef. Seine Stimme im Lautsprecher kam metallisch, aber die Leutseligkeit darin war nicht einmal durch die Technik zu verbergen.

Sie betraten das Zimmer wie ein geschlagenes Heer, machten in beinahe läppisch wirkender Formation vier Schritte vorwärts, dann glitt Horstmann beiseite und ließ sich in einen Sessel fallen. Er bemerkte aus dem Augenwinkeln, dass Ocker genau dasselbe tat. Und dann tat er so, als ob er erschrak. »Oh Verzeihung!« Er machte einen Versuch, wieder aufzustehen, obwohl er nicht die geringste Absicht hatte, es tatsächlich zu tun.

Ocker reagierte wie erwartet: Er stand auf, er stand stramm. »Es tut mir leid«, sagte er.

»Was soll das?«, fragte der Chef. »Ihr seht aus, als seid ihr stinkbesoffen, und ihr stinkt wie alle Kneipen Frankfurts zusammen.«

»Wir haben Anisschnaps geklaut.« Horstmann war sich völlig darüber klar, dass diese Bemerkung kindisch war, aber er hatte sie eingeplant. Er wollte kindisch wirken.

»Was soll das?« Der Mann hinter dem Schreibtisch lächelte leicht belustigt, aber er war sehr neugierig, und das war gut für Horstmann.

Er sagte: »Es war Ihr Anisschnaps. Wir haben ihn heute Nacht aus dem Eisschrank genommen. Wir waren einfach vollkommen fertig.«

»So.« Weiter sagte der Mann nichts, aber Horstmann hatte auch das vorausgesehen.

Er sagte: »Sie haben uns die Würmer gegeben, diese Kiefernfresser. Gestern Abend kam mir dann eine Idee. Ich holte Herrn Ocker, und wir fuhren hierher. Wir probierten eine Weile herum und schließlich ...« Er machte eine Pause, atmete tief durch, strich mit beiden Händen über das Gesicht und sagte heftig: »Ocker, erzähl weiter. Mein Kopf ist wie ein hohler Kürbis.«

Unter normalen Umständen war dies ein unter Wissenschaftlern unmögliches, geradezu unwürdiges und empörendes Verhalten, aber Horstmann wollte Erschöpfung demonstrieren: Erschöpfung im Dienst des Unternehmens. Also musste er Ocker jetzt zum Zug kommen lassen. Ocker würde die Chance haben, sich selbst herauszustreichen, aber er würde niemals verschweigen, dass es Horstmanns Idee gewesen war. So war beiden Seiten gedient.

Ich bin es satt, dachte Horstmann heiter, immer nur eine gute Nummer zu sein. Ich bin es auch satt, mich an die Spielregeln zu halten,

»Also, was ist?«, fragte der Mann hinter dem Schreibtisch. Der Auftritt der beiden durchbrach die gewohnten Schranken seiner Welt. Und er war ein Mann, der schnell ungeduldig werden konnte.

»Erzähl das Wichtigste«, sagte Horstmann matt.

»Jawoll«, sagte Ocker stramm und erzählte, und er schloss seinen Bericht lapidar: »Es funktioniert!«

»Was heißt, es funktioniert?«

»Ich kann die Schädlinge töten«, sagte Horstmann. »Entschuldigen Sie meinen Aufzug, aber ich habe überhaupt nicht geschlafen.«

»Was soll's?«, sagte der Mann, den sie Chef nannten. »Sie können die Dinger also töten?«

»Ja«, sagte Ocker. Es klang ganz so, als sei er persönlich der einzig Beteiligte, aber warum sollte man ihm dieses Gefühl nicht gönnen?

»Das darf doch nicht wahr sein, Horstmann!« Der Mann hinter dem Schreibtisch stand auf und murmelte: »Sie sollten etwas Sekt trinken. Das regt den Kreislauf an.« Er rief: »Eine Flasche Sekt, bitte!« Dann stand er sehr nahe vor Horstmann. »Sie sind schon ein verdammter Kerl, sind Sie!«

»Na ja«, sagte Horstmann desinteressiert. »Wir haben jetzt ein Mittel, aber wir kennen die Auswirkungen auf die übrige Tierwelt und die Pflanzen noch nicht.« Er nahm einen Teil seines Triumphes ganz bewusst zurück, denn er hatte bemerkt, sieben Jahre lang bemerkt, dass dieser Mann, der die Firma führte, den Anfangserfolg immer höher einstufte als jede daraus resultierende Erkenntnis.

»Was soll das? Das schaffen wir schon«, sagte der Mann.

»Ich glaube das auch«, sagte Ocker eifrig. Und zum erstenmal machte er aus eigenem Antrieb eine vollkommen richtige Bemerkung. Möglicherweise hatte er sie durchdacht, wahrscheinlicher war der Zufall. Er sagte: »Hätten Sie etwas dagegen, Chef, wenn ich nach Hause fahre und mich ein paar Stunden hinlege?«

Bis jetzt ist es so einfach, dachte Horstmann. Bis jetzt ist es so einfach, dass es beinahe wehtut. Er sagte: »Fahr du schon nach Hause. Ich muss noch die Formel aufschreiben, damit sie in den Tresor kommt.« Er sah dabei Ocker an, der sofort begriff und aufstand.

»Entschuldigen Sie, aber ich bin ziemlich erledigt«, sagte Ocker. Er verbeugte sich zweimal, ehe er die Türe erreichte und verschwand.

Das Mädchen kam mit der Flasche Sekt herein, und der Chef sagte: »Das machen wir selbst.«

Horstmann beobachtete ihn, wie er die Flasche zuerst betrachtete, dann den Draht über dem Korken abwirbelte und den Korken langsam herauskommen ließ. »Trinken Sie, Horstmann. Das ist eine gute Sache, wenn man überarbeitet ist.«

»Danke«, sagte Horstmann. »Haben Sie einen Zettel da und einen Kugelschreiber?«

»Natürlich.«

Horstmann nahm das Papier und den Schreiber und zeichnete die chemische Verbindung der einzelnen Stoffe auf. Dann schrieb er darunter die jeweiligen Anteile der einzelnen Stoffe. Das dauerte eine Viertelstunde, und es war sehr still.

»Das ist es«, sagte Horstmann. Er reichte dem Mann hinter dem Schreibtisch das Blatt.

»Man kann es aus Hubschraubern versprühen?«

»Ja. Wir müssen allerdings die Versuche abwarten, wie das Zeug auf die übrige Tierwelt und auf die Pflanzen wirkt.«

»Das weiß ich doch«, sagte der Chef. Es war ihm lästig, immer wieder diese zur Vorsicht mahnende Bemerkung zu hören.

»Horstmann, seien Sie ehrlich! Seien Sie ganz ehrlich!«

»Das bin ich immer.«

»Glauben Sie, dass wir mit Ihrer Lösung durchkommen?«

»Auf jeden Fall«, sagte Horstmann müde. »Ich würde das Patent schnell anmelden lassen. Über kurz oder lang kommt irgend jemand zu einem endgültigen Ergebnis. Es kann sein, dass mein Stoff sogar schon das endgültige Ergebnis ist.«

»Wieso soll irgend jemand auf die endgültige Lösung kommen?« Der Mann hinter dem Schreibtisch war etwas verwirrt.

Jetzt fängt es an, dachte Horstmann mechanisch, während er vollkommen schlaff in dem Sessel sitzenblieb und einen Augenblick die Augen schloss. »Ich habe Sorgen«, sagte er schließlich einfach.

»Sorgen? Was für Sorgen?«

»Persönliche.« Horstmann bemühte sich, so zu reagieren wie eine Puppe. Er bemühte sich, den Eindruck zu erwecken, als sei der andere ohnehin nicht imstande zu begreifen, was ihn bedrückte.

»Dass es persönliche sind, ist klar«, sagte der Mann hinter dem Schreibtisch. »Können Sie mir mehr sagen?«

»Es ist schwer zu erklären«, sagte Horstmann. »Ich möchte Sie bitten, mir meinen Jahresurlaub zu geben.«

»Etwa jetzt?«

»Jetzt. Ich muss verschiedene Geschichten regeln. Sie sind rein privater Natur.«

Der Mann begann jovial. »Also irgendetwas mit Ehe und den Kindern?«

»So ungefähr«, sagte Horstmann, »aber ich möchte Sie nicht langweilen. Ich habe noch vierunddreißig Werktage Urlaub.«

»Aber doch jetzt nicht!« Der Chef war einigermaßen verzweifelt.

»Die Kollegen haben meine chemische Grundlage«, sagte Horstmann. »Die werden genau wissen, was damit zu machen ist.« Er dachte: Es ist das Beste, ihn einfach zu erpressen. Und es kann getrost wie eine Erpressung aussehen. Erpressung traut er mir nicht zu. Wenn ich eine Erpressung starte, wird er glauben, ich sei weltfremd. Aber auf die Idee einer wirklichen Erpressung kommt er nie. Mit dem Namen Horstmann verbindet man keine Erpressung. Mein Gott, diese Arschlöcher haben nicht die geringste Ahnung, wer ich wirklich bin. Es ist merkwürdig, dass man mit Menschen und ihren Reaktionen besser Schach spielen kann als mit den Puppen aus Holz.

7. Kapitel

Der Chef wollte nicht begreifen, dass Horstmann um Urlaub bat. Es war eine persönliche Beleidigung, so wie alles, was ihm im Betrieb widerfuhr, unmissverständlich gegen ihn selbst gerichtet schien.

»Aber das geht nicht«, sagte er heftig. »Es kann doch nicht so schwierig sein, Ihnen zu helfen. Sie müssen sich jetzt den Kopf freihalten für die Sache mit den Kiefernfressern.«

Horstmann hob den Kopf. »Sie kennen mich ziemlich genau«, sagte er, »aber wahrscheinlich kennen Sie mich nicht so genau, wie ich es mir wünsche.« Das war zugleich eine Lockung und ein leiser Vorwurf.

»Horstmann«, sagte der Mann im Ton eines sehr jovialen Schullehrers, »rücken Sie doch endlich damit raus. Haben Sie eine Tochter auf dem Strich? Einen Jungen bei der APO? Sind Sie schwul? Entschuldigung.«

»Es ist nichts von alledem«, sagte Horstmann. Er hatte sich setzt ziemlich exakt in die Position hineinmanövriert, die er wollte. Er musste seiner Vorstellung nach jetzt genauso hilflos wirken wie ein Karnickel auf einer völlig flachen, steinharten Ebene, ohne die Chance, sich irgendwo zu verkriechen. Aus dieser Position heraus wollte er erpressen. Er sagte ein wenig mühsam: »Ich sollte Sie vielleicht nicht mit derartigen Dingen behelligen. Sie haben schließlich Wichtigeres zu tun.«

»Das ist doch Blödsinn, Mann!« Es war wie eine Explosion. »Sie sind ein guter Forscher, haben Sorgen und wollen nicht raus damit. Irgendwelche finanziellen Dinge vielleicht?«

Horstmann dachte: Es ist erstaunlich, dass er diese Möglichkeit nur leicht andeutet, wo er doch Kaufmann ist.

Oder es ist ganz natürlich. Wenn man von einem Kaufmann Geld will, ist er taub. Er sagte: »Das ist es.«

»Das kann man doch besprechen«, sagte der Mann hinter dem Schreibtisch, »das ist doch nicht die Welt. Wahrscheinlich läuft es doch auf eine Gehaltserhöhung hinaus, oder?«

»Ja«, sagte Horstmann.

»Deswegen brauchen Sie doch nicht gleich so verschämt zu sein. Sie waren längst dran mit einer Gehaltserhöhung. Sagen wir dreihundert im Monat?«

»Das ist mir recht«, sagte Horstmann, und er dachte: diese knickrige Sau. Ich muss ihn jetzt darauf bringen, dass ich das Mittel gegen die Kiefernfresser gefunden habe, und dass er damit viel Geld machen kann. Ich muss ihm suggerieren, dass er zwar die Formel hat, dass ich sie aber jederzeit noch weitergeben kann und ihn damit in schwere Schwierigkeiten bringe. Denn das gibt Patentprozesse.

»Und um diese Bitte bei mir anzubringen, wollten Sie einen ganzen Jahresurlaub nehmen?«

Horstmann schüttelte ein wenig mühsam den Kopf, dann betrachtete er nachdenklich den Kugelschreiber, mit dem er die Formel und die Dosierung des Mittels aufgeschrieben hatte, und sagte, als sei es ihm jetzt plötzlich bewusst geworden: »Übrigens kennt niemand die komplette Formel. Außer mir. Ocker kennt nur einen Teil.«

»Natürlich, natürlich, ich kenne doch Ihre Verschwiegenheit. Aber Sie reden doch wie eine Katze um den heißen Brei herum. »Was ist denn noch, Mensch?«

»Ich brauche hunderttausend Mark«, sagte Horstmann.

»Wie bitte?«, fragte der Mann hinter dem Schreibtisch.

»Ich brauche hunderttausend Mark«, sagte Horstmann geduldig und demütig.

»Ja, wofür denn, um Himmels willen?«

»Für das Haus«, sagte Horstmann. Er beugte sich vor und schlug die Hände vor das Gesicht. »Ich habe mir doch vor sieben Jahren, als ich hier anfing, ein kleines Haus gekauft. Sie wissen es nicht. Ich hatte einen Bausparvertrag. Natürlich kamen hohe Kredite dazu. Und seitdem zahle ich Raten.« Er brach ganz unvermittelt ab, um dem Mann hinter dem Schreibtisch Gelegenheit zu geben, sich in die Diskussion zu werfen. Er wusste, dass es eine der Leidenschaften dieses Mannes war, jemanden auszufragen.

»Mit anderen Worten, Sie wollen die hunderttausend Mark, weil Sie mit den Zahlungen im Rückstand sind?«

Horstmann versetzte ihm jetzt den ersten, sanften Schlag. Er sagte: »Nein, ich bin nicht im Rückstand.« Er legte leichte Empörung in seine Worte.

»Ja, was ist denn dann? Himmel, Arsch und Zwirn. Sie machen es einem verflucht schwer.« Jetzt war der Mann hinter dem Schreibtisch nahezu zornig. Das war gefährlich für Horstmann, das durfte nicht sein.

»Ich bitte nicht gern um etwas«, sagte er. »Es ist einfach so: Ich hin hier ziemlich erfolgreich, und ich bin nichts als Chemiker.« Er lächelte sanft. »Mit Geld kann ich auch nicht sonderlich umgehen. Ich will die hunderttausend Mark haben, um sie an die Bank zurückzugeben, damit das Haus endlich mir allein gehört. Und außerdem hat meine Frau gesagt, wir bezahlen viel zu viel Zinsen für das Darlehen.« Der Mann, dem die Firma gehörte, der ein Kaufmann war, etwas dicklich, mit einem Hang zu Bier und Kirmeswürstchen, begann schallend zu lachen, er gluckste vor Lachen, er schlug sich auf die Oberschenkel, stand auf, machte ein paar Schritte, starrte aus dem Fenster, prustete vor Lachen. Drehte sich herum, bemühte sich um Fassung, setzte sich wieder, wagte es nicht, Horstmann anzusehen, um ihn nicht durch erneutes Gelächter zu demütigen, lachte aber trotzdem, bis ihm die Tränen über das Gesicht liefen, das wenige Jahre später sicherlich feist sein würde und rot von zu hohem Blutdruck. In diesem Augenblick begriff Horstmann, dass er gewonnen hatte. Er hielt die Augen zu Boden gesenkt.

»Ich weiß es jetzt«, sagte der Mann hinter dem Schreibtisch, »ich weiß genau, was Ihnen passiert ist. Ihre Frau hat Sie getreten. Sie hat herumgeschimpft, warum Sie nicht das Geld zinslos von mir verlangen. Und sie hat geschimpft, dass Sie ohnehin genügend für diese Firma tun, und dass Sie das Recht auf eine solche Hilfe haben. Ist das so?«

»Das ist so«, sagte Horstmann. Er sah den Chef erstaunt an. »Kommt das häufig vor? Sie scheinen das zu kennen.« Er war verwirrt und erheitert zugleich. Ausgerechnet Maria bekam den Schwarzen Peter zugeschoben.

»Na ja«, sagte der Chef, »in Ihrem Fall war es nicht schwer, den Zusammenhang zu sehen. Von sich selbst aus wären Sie nicht gekommen.«

»Nein«, sagte Horstmann unendlich erleichtert. »Deshalb wollte ich auch den Jahresurlaub.«

Das schien eine vollkommen belanglose Bemerkung zu sein, aber sie war der eigentliche Schlüssel seines Spiels.

»Wieso Sie deshalb einen Jahresurlaub wollten, verstehe ich nicht.«

Horstmann murmelte: »Ich wollte mich umsehen, wo ich das Geld zinslos bekommen kann. Außerdem wollte ich einmal ausspannen.«

»Ausspannen ist nicht«, sagte der Mann hinter dem Schreibtisch. Es klang sehr resolut. »Ich brauche Sie wenigstens noch vierzehn Tage, um das Mittel in die Versuchsreihe zu führen. Und wer sollte Ihnen das Geld geben?«

Horstmann wand sich ein wenig. »Ich weiß es nicht«, sagte er schließlich. Jetzt hatte er das Spiel exakt so spielen können, wie er es sich ausgemalt hatte. Er hatte oft über dieses Gespräch nachgedacht, und er hatte es immer wieder neu konstruiert. Tatsächlich hatte der Chef wortwörtlich einiges gesagt, was Horstmann in den Wochen vorher eingeplant hatte. Und dieses zögernde »Ich weiß es nicht« war – das wusste er ganz genau – so etwas wie der elegante Todesstoß mit schnell gleitendem Degen. Daraus konnte der Chef nur einen Schluss ziehen. Und er zog ihn sofort.

»Die verdammte Konkurrenz. Dabei gibt es ein schriftliches Abkommen in der Industrie, dass leitende Mitarbeiter nicht abgeworben werden dürfen.«

»Niemand hat mich abgeworben«, sagte Horstmann empört. »Ich habe niemandem Hoffnung gemacht.« Der Pfeil steckte im Ziel.

»So«, sagte der Chef, und es war sicher, dass er erleichtert war.

Jetzt muss wieder die Formel her, dachte Horstmann mechanisch. Es ist merkwürdig, ich habe immer gedacht, ich wäre so eine Art Sandkastengeneral, aber ich scheine Realität zu werden. Er sagte: »Wenn man weiß, dass man finanziell über Gebühr strapaziert wird, so macht das säuerlich. Und wenn ich säuerlich bin, kann ich nicht konzentriert arbeiten.« Er machte eine vage Bewegung zu dem kleinen Panzerschrank hin, in dem die Formel des Mittels lag. »Ich kann dann einfach nicht derartige Dinge so schnell und glatt erledigen.«

Er dachte: Jetzt musst du kauen, kleiner Kapitalist. Und weil du ein glänzendes Gebiss hast, wirst du schnell begreifen, wohin ich will. Also kau schon, los, kau!

Der Chef hatte die Fingerspitzen vor dem Mund aneinandergelegt. Er war jetzt nicht mehr freundlich, weil er sofort begriffen hatte. Er sagte: »Scheißweiber!«

»Wie bitte?«, fragte Horstmann. Also wieder Maria. Es war tragisch und komisch, aber es gab ihm festen Boden unter die Füße.

»Ich sagte Scheißweiber«, sagte der Mann grob und trank etwas von dem Sekt. »Sie machen die besten Männer kaputt. Ich meine jetzt Ihre Frau.«

Horstmann war verwirrt. »Ich verstehe das nicht.«

Der Chef nickte und war sehr ruhig und gütig. »Ich werde es Ihnen erklären: Ihre Frau macht Ihnen also die Hölle heiß. Erstens will sie ein besseres Gehalt und zweitens ein zinsloses Darlehen. Sie sind aber Wissenschaftler, Sie kümmert so etwas nicht. Aber Ihre Frau macht Sie mit der Zeit verrückt. Außerdem kommen noch die Überlegungen, dass vielleicht eine andere Firma alle diese Vorleistungen bringen würde, wenn Sie hier herausgehen und überwechseln.« Er brüllte plötzlich: »Aber da ist die Formel.«

Horstmann stand auf und sagte: »Ich gehe besser. Es war alles Idiotie. Ich begreife das nicht.«

»Bleiben Sie hier, Doktor«, sagte der Chef. Er war sehr abrupt wieder vollkommen ruhig. »Ich werde Ihnen das erklären: Angenommen, ich verweigere Ihnen die hunderttausend Mark, angenommen, ich hätte Ihnen keine Gehaltserhöhung gegeben, angenommen, Sie wären wirklich in Urlaub gegangen und die Konkurrenz hätte Sie eingefangen: Dann hätte ich doch eine Mordsschweinerei mit der Formel auf dem Hals, oder?«

»Wieso?«, fragte Horstmann. Er setzte sich wieder.

Komm nur raus, dachte er, kotz dich richtig aus! Ich fühle mich wie ein Schauspieler nach einer triumphalen Aufführung. Ja, das ist es, eine triumphale Aufführung.

»Ich verstehe nicht«, wiederholte er.

Der Chef trank erneut Sekt und sagte: »Sie haben in Frankfurt ein Haus, also werden Sie auch in Frankfurt bleiben wollen. Und welche Firmen sind auch hier? Ich brauche sie Ihnen nicht aufzuzählen. Mit Sicherheit landen Sie dort. Und in Ihrem Kopf haben Sie die Formel, nach der auch dort gesucht wird.« Er stand auf und murmelte: »Sie sind doch viel zu gutmütig, um die Schnauze zu halten. Eines Tages würden Sie doch damit rausrücken. Weil wir aber dann mit den Versuchsreihen noch nicht fertig wären und das Patent nicht durch wäre, käme ich in Schwierigkeiten, oder?«

»Ich würde niemals ...«, sagte Horstmann empört und stand auf.

»Bleiben Sie doch sitzen«, sagte der Chef ruhig. »Ich sage Ihnen, Sie würden! Nicht, weil Sie schlecht sind, sondern weil Sie zu gut sind. Sie würden sehen, wie die Konkurrenz an dem Problem herummurkst, und das Mitleid würde in Ihnen hochsteigen. Wenigstens würden Sie den entscheidenden Tipp geben, wo des Rätsels Lösung liegt. Oder nicht?«

»Ich weiß nicht«, sagte Horstmann unsicher, »ich bin Wissenschaftler.«

»Und ein bisschen versponnen«, sagte der Chef gutmütig. »Wenn ich Sie nicht so genau kennen würde, und wenn ich nicht genau wüsste, wie Sie sind, würde ich das Erpressung nennen.«

Horstmann antwortete nicht, er starrte den Mann nur an. Er brauchte nichts zu sagen – nur der zu sein, der er seit sieben Jahren vorgab zu sein. Dabei dachte er belustigt: Es ist Erpressung, Chef. Du hast nur nicht gemerkt, welche Sorte von Erpressung. Und du weißt auch nicht, dass ich die Schnauze voll habe von diesem Scheißvertrag, in den du hast drucken lassen, dass alles, was mein Hirn ausbrütet, dir gehört. Alles und bis in alle Ewigkeit. Und du hast auch nicht begriffen, dass ich diese Sorte von keimfreiem Leben bis zur Halskrause stehen habe. Du weißt auch nicht, dass ich mich ein bisschen gedreht habe und nicht mehr das dumme, kluge, wissenschaftlich so gut funktionierende Schaf bin. Du bist hereingefallen, Chef.

»Ich weiß, dass Sie niemals an Erpressung gedacht haben«, sagte der Chef. »Aber an diesem Beispiel kann man einmal sehen, wohin ein guter Wissenschaftler durch eine zu ehrgeizige Frau geführt werden kann. Wohin soll das Geld überwiesen werden? Ich meine, die Bank und das Konto und so.«

Horstmann sagte: »Auf die Bank, auf die auch mein Gehalt geht. Ich habe nur ein Konto.«

Das stimmte nicht. Er hatte zusammen mit seiner Frau das Verfügungsrecht über sein Gehaltskonto. Aber er hatte ein zweites Konto eröffnet, und seine Frau wusste nichts davon. Und auf dem Haus lag auch keine Schuld von hunderttausend Mark. Horstmann hatte überhaupt keine Schulden. Gott sei Dank, dachte er.

»Reichen Sie die Unterlagen in die Buchhaltung. Ich sage da Bescheid.« Der Chef lächelte. »Ich gebe Ihnen die Hilfe gern«, sagte er. »Und Ihren Jahresurlaub können Sie doch sicherlich um vierzehn Tage oder so verschieben.«

»Natürlich«, sagte Horstmann. Er bemühte sich nicht einmal, Bestürzung vorzutäuschen. Er tat ganz einfach so, als sei ihm die Sache zuwider. Und sein Chef verstand das auch. Sie tranken noch ein Glas Sekt zusammen und sprachen über die Notwendigkeit, mit Vertretern der kanadischen Forstverwaltung zu sprechen und – wenn eben dies möglich war – kanadische Kiefern und typisch kanadische Waldtiere zur Erprobung des Mittels zu bekommen. Als Horstmann über den tristen Korridor zu seinem Labor zurückging, wusste er ganz genau, dass dieser Mann in dem Zimmer versuchen würde, einige Millionen Dollar zu bekommen, um die Forschungsarbeit nicht selbst finanzieren zu müssen. Er dachte heiter: Versuch es nur! Vielleicht hast du Glück. Ich habe nicht im Traum daran gedacht, die Formel an die Konkurrenz zu geben. Ich wollte dir nur zeigen, dass mein Gehirn besser funktioniert als deines. Ich musste es mir auch selbst beweisen, um nicht weiter das nummerierte Arbeitstier zu sein, dein Frontschwein beim Geldverdienen. Ich bin nämlich endlich wachgeworden. Aber die Konkurrenz hätte ich nicht beliefert. Ich bin kein Schwein, Chef. Ich habe es auch bei dir geschafft. Du warst nicht sehr klug.

Er hockte sich in seinem Labor an das Telefon und rief die Bank an. Er sagte dem Bankmann, den er gut kannte: »Da kommt jetzt eine Überweisung auf das Nebenkonto, irgendwann in den nächsten Tagen.«

»Gut, Herr Doktor«, sagte der Mann, dem Horstmann beiläufig berichtet hatte, dass seine Firma ihm Kapital für Forschungszwecke freigeben werde. Irgendwann ...

Horstmann setzte sich auf den Schemel zwischen die Tische und rauchte eine Zigarette. Er fragte sich, ob das, was er eben getan hatte, ein Verbrechen war. Aber die Überlegung war müßig. Es war ein Verbrechen, und es war gleichzeitig keins. Auf welchem Wege sonst hätte er an Mittel kommen sollen, um seine Träume zu verwirklichen? Es war ihm kein anderes eingefallen.

Er hockte da und machte sich träge Gedanken darüber, ob er irgendeine Frau finden werde, die mit ihm all das machen würde, wovon er träumte. Maria, das war ganz sicher, würde diese Dinge niemals mit ihm machen. Und ich kann mich nicht dauernd von Träumen ernähren. Er lächelte matt, warf die Zigarette in einen Wassereimer und seufzte in die gläserne Stille des weißgekachelten Raumes. Er hatte nun genügend verschwiegenes Geld, um genügend verschwiegene Sachen zu tun. Er wollte sich nicht von seiner Frau scheiden lassen. Er hatte zwar seiner Meinung nach genügend Gründe. Da war ihr sexuelles Versagen, da war ihre unerträgliche Art, ein Herzleiden zu haben. Sie sprach mehr davon, als sie von irgendetwas anderem sprach. Alles an ihr stimmte nicht mehr für ihn. Das musste in jedem Fall reichen. Aber eine Scheidung würde seine Lage für einige Monate komplizieren. Und er dachte auch ein wenig an die Kinder. Sie waren zwar erwachsen, aber wie weit waren sie es wirklich? Es war ganz einfach so: Er musste sich austoben, er war alt genug, um alles das zu haben, was ein Mann einmal haben muss. So einfach war das. Scheiß auf Disziplin und Familie! Zwanzig Jahre bin ich mit dieser Frau verheiratet, und zwanzig Jahre lang habe ich gehofft und mich dabei selbst betrogen.

Er starrte auf die Straße hinunter und dachte: Ich gehe also buchstäblich vor meiner Familie stiften. Ich möchte wissen, was ich erlebe.

Und plötzlich war Angst da. Sie ließ sich minutenlang nicht genau definieren, bis er auf zwei Sätze stieß, die eigentlich Fragen waren. Erstens: Würde er mit dem Geld alles das erreichen, wovon er geträumt hatte? Zweitens: Was geschah, wenn ihm die Flucht von seiner Familie aus irgendwelchen Gründen nicht gelang?

Er wurde plötzlich fahrig und griff zum Telefon. Er wollte Ocker anrufen. Er wollte ihn fragen, nach irgendwelchen möglichen Sauereien fragen.

Dann fiel ihm ein, dass Ocker zu Hause war und schlief. Er sagte: »Entschuldige, dass ich dich störe, aber ich habe eine Idee.«

»Macht nichts«, sagte Ocker, »ich bin überdreht. Richtig schlafen kann ich nicht. Was ist? War noch irgendetwas beim Chef?«

»Nein, nichts«, sagte Horstmann. »Ich dachte nur, wir beide sollten heute Abend ein Glas trinken. Auf den Erfolg, meine ich. Ohne die Frauen.«

»Na klar«, sagte Ocker. »Wir können ja sagen, wir hätten noch zu arbeiten.«

»Das können wir«, sagte Horstmann. »Ich hole dich ab.«

Gleich darauf fragte er sich, warum eigentlich alle Männer, die er kannte, irgendwelche Arbeiten oder Konferenzen vorschoben, wenn es darum ging, ein Glas Bier zu trinken. Er hatte noch niemals von einer Frau gehört, die behauptet hatte, sie gehe einkaufen, um dann zu irgendeinem Kaffeeklatsch zu gehen. Der Gedanke amüsierte ihn. »Wir sind Idioten«, sagte er.

Es war 15 Uhr, als Binder, der Buchhalter, in Horstmanns Labor kam und ohne Begrüßung sagte: »Ich hätte nicht geglaubt, dass der Chef Ihnen hunderttausend Mark für das Ding gibt.«

Horstmann schwieg eine Weile, weil es so plötzlich gekommen war. »Es ist ein Darlehen«, sagte er, »kein Geschenk.«

»Es ist kein Darlehen«, sagte Binder. »Der Chef hat es als Leistungszuwendung deklariert.«

»Wohl wegen der Steuer oder so«, sagte Horstmann. Er fühlte sich unbehaglich.

»Nein«, sagte Binder. »Sie wollen Ihr Haus schuldenfrei machen.«

»Na und?«

Binder lächelte. »Haben Sie Schulden auf dem Haus?«

»Habe ich«, sagte Horstmann.

»Hm«, sagte Binder. Es war sicher, dass er versuchen würde, das genau herauszufinden. Und er würde es herausfinden. Aber das war gleichgültig.

»Es geht Sie doch nichts an«, sagte Horstmann.

»Ein wenig schon«, sagte Binder. »Überlegen Sie einmal, dass man aus den hunderttausend Mark jetzt dreihunderttausend machen könnte.

»Das ist doch nicht Ihr Ernst«, sagte Horstmann.

»Warum nicht?«, fragte Binder arrogant. Er war keine Figur, der Arroganz anstand, aber er war arrogant.

»Davon will ich nichts wissen«, sagte Horstmann abrupt.

»Wir werden sehen«, sagte Binder. »Ich kann noch mehr Scherze machen.« Er sagte das ernst und ruhig, aber es war, als wollte irgendetwas in ihm explodieren.

Horstmann arbeitete bis vier Uhr an einer unwichtigen Sache, die er gern erledigt wissen wollte, weil seine Zukunft plötzlich so ungewiss war. Woher sollte er wissen, ob er nach Erhalt des Geldes jemals wieder hier auftauchen würde? Woher sollte er das wissen? Vielleicht fand er eine Frau, die so verrückt war, dass er überhaupt nicht mehr aus dem Bett kam? Das ist möglich, dachte er naiv. Vielleicht würde es geschehen, dass er plötzlich Lust verspürte, einfach zu gehen. So wie ein Wind durch ein Tal streicht, dachte er. Genauso.

Als er nach Hause fuhr, war er unsicher geworden, denn er wusste wirklich nicht, was werden sollte. Es war nicht einfach, so viel Lust auf so viele Dinge, die quälend in ihm aufgebrochen war, zu dämpfen. Und was würde Binder unternehmen?

Er fuhr den Wagen in die Garage und war enttäuscht, dass er Maria nichts von den hunderttausend Mark erzählen konnte, vor allem nicht von der raffinierten Art, wie er es geschafft hatte. Aber wenigstens konnte er ihr die Formel des Bekämpfungsmittels erklären, und auch, dass er eine Gehaltserhöhung bekommen hatte. Er würde ihr einen Scheck über zwanzigtausend ausstellen. Das hatte er versprochen.

Sie hatte zwar gesagt, sie wolle kein Geld, sondern nur ihn. Aber das war einfach albern. Zwanzigtausend Mark!

Plötzlich fiel ihm auf, wie merkwürdig seine Gedanken torkelten. Er hatte noch vor kurzer Zeit in seinen Überlegungen seine Frau als ein Spültuch bezeichnet. Er hatte sich vorgenommen zu fliehen, diese Familie zumindest zeitweise zu verlassen, sich Frauen zu kaufen oder gar zu erobern, die alle die Schweinereien mit ihm trieben, von denen er seit Jahren träumte.

Und nun ärgerte er sich darüber, dass er es nicht wagen konnte, seiner Frau zu erklären, wieso er plötzlich um so viel Geld reicher war. Sie durfte nicht einmal wissen, dass er es besaß.

8. Kapitel

Während Horstmann durch den Vorgarten ging, malte er in Gedanken eine winzige, rohe Skizze: Er, Dr. Horstmann, Chemiker, im Kreis der Familie. Sabine am Tisch, siebzehn Jahre alt. Harald am Tisch, achtzehn Jahre alt. (Gewiss, Sabine, ein mit allen Wassern gewaschenes junges Weibsbild, vermutlich erfahrener als er; Harald Haschischraucher! Und das alles ohne sein Wissen! Aber lassen wir das einmal beiseite.) Maria am Tisch, zwanzig Jahre mit ihm verheiratet. Und dann er selbst mit einer großen Ledertasche. Langsam würde er die Tasche öffnen, und er würde ohne jede Emotion sagen: »Seht her, ich habe dieses für euch heran geschafft!« Er würde die Tasche ganz hochheben, und dann würde er einhundert Tausendmarkscheine heraussegeln lassen wie muntere Schwalben. Sie würden verrückte Gesichter machen. Maria ein bisschen ängstlich, ob es auch wirklich wahr sei. Sabine voller Staunen. Vielleicht würde sie einen Augenblick so etwas wie Hochachtung empfinden. Und der Junge? Wahrscheinlich würde er ganz automatisch an ein kleines Auto denken bei so viel Geld. Verdammt noch mal, warum sollte er auch nicht? Warum soll der Junge nicht ein Auto kriegen?

Horstmann schlenkerte die Aktenmappe hin und her, während er durch den Vorgarten ging. Natürlich, der Junge war erst achtzehn, hatte nicht einmal den Führerschein. Horstmann dachte ganz abrupt: Ich weiß nichts von ihm. Von Sabine weiß ich wenigstens, was sie über mich denkt und dass sie meine Ehe mit ein paar Filzpantoffeln vergleicht, die über einen Krankenhausgang latschen. Das ist zwar nicht viel, aber immerhin etwas. Aber von dem Jungen weiß ich nichts. Sein Geburtsdatum, ja, Erinnerung an seine Konfirmation, ja. Aber ich weiß nicht, was er jetzt denkt.

Horstmann schloss die Haustür auf und kam dabei auf die sehr ernüchternde Idee, dass es gar nichts Besonderes war, dass Sabine ihm von ihrer verlorenen Jungfernschaft erzählt hatte. Nach dem zu urteilen, was man in Büchern las und im Fernsehen sah, würde sie das wahrscheinlich jedem erzählen, der es unbedingt hören wollte. Es war wie ein Schlag, als er daraus die Konsequenz zog: Dieses Geständnis ist kein Beweis dafür, dass sie mich mag, dass ich ihr Vater bin und sie meine Tochter. Dafür gibt es noch keinen Beweis.

Er ging hinein und sagte laut: »Ich bin durstig, ich will ein Bier.«

Sabine kam aus dem Wohnzimmer gelaufen. Sie hatte eine Platte aufgelegt. Es klang sehr weich und hölzern. Es klang angenehm. »Mama ist nicht da«, sagte Sabine. Sie trug nichts als ein Hemd von Harald und darunter einen schwarzen Bikini.

»Du siehst hübsch aus«, sagte Horstmann. »Schaffst du mir ein Bier ran?«

»Ja«, sagte sie. »Du kommst heute ziemlich früh.«

»Ich hatte die Nase voll«, sagte Horstmann und sah ihr nach, wie sie in die Küche ging und sich zum Eisschrank bückte. Er fand sie wirklich hübsch. Aber das Kompliment eines Vaters war wohl nicht viel wert. »Wie heißt diese Musik?« Er hörte sie in der letzten Zeit dauernd. Jemand pfiff sie, oder jemand summte sie, oder sie kam aus kleinen Transistorradios.

»El Condor pasa«, sagte Sabine. Sie goss ihm Bier in das Glas. »Ich glaube, das heißt ›Der Kondor fliegt vorbei‹. Darf ich auch ein Bier trinken?«

»Du wirst zu dick«, sagte er.

Sabine zog das Hemd hoch und zeigte die völlig glatte Fläche ihres Leibes. »Ich bitte dich. Zu dick?« Sie lachte. »Hast du wirklich gemeint, ich sehe hübsch aus?«

»Ja, das habe ich«, sagte Horstmann. Er trank und dachte wieder darüber nach, was sie wohl sagen würde, wenn er ihr ein wenig von seinen Träumen erzählte. Wahrscheinlich würde sie es verstehen und es nicht einmal für besonders komisch oder lächerlich halten. Bei dieser Generation war das meiste, was Freiheit und Sexualität anbelangte, »natürlich«. Ein Scheißwort. Aber es änderte nichts, wenn man Begriffe verfluchte. Er sagte: »Als ich so alt war wie du, gab es keine Stoffe in so hübschen Farben. Die Mädchen waren eintöniger, versteckten ihre Beine und ließen ihr Haar nicht so wild wehen. Ich mag das.«

»Na so was«, sagte sie in milder Ironie. »Wie habt ihr denn damals überhaupt entdeckt, dass es Mädchen waren?«

Er grinste und antwortete schnell: »Daran, dass sie Jagd auf uns machten.«

»Hat Mama Jagd auf dich gemacht?« Sie kicherte, es war offensichtlich unvorstellbar für sie.

»Nicht so offen, wie ihr das vielleicht heute tut, aber immerhin ...«

»Wir tun es auch nicht offen«, sagte sie schnell. Dieses Musikstück vom Condor war dahin wie ein paar Minuten guter Laune.

»Leg das Ding noch mal auf«, sagte er. »Hier, trink aus meinem Glas!«

Sie nahm sein Bierglas und ging an ihm vorbei in das Wohnzimmer. »Harald hat Schwierigkeiten«, sagte sie.

Horstmann sah auf die Uhr. Er würde Ocker gegen acht Uhr abholen. Sie würden irgendwo essen, und dann musste Ocker irgendeinen Laden mit Schweinereien parat haben. Er wollte wissen, ob seine Träume realisierbar waren.

»Wieso hat Harald Schwierigkeiten? In der Schule?«

»Auch«, sagte sie, »aber es ist noch was anderes.« Sie winkte ihm zu, und er ging hinter ihr in das Wohnzimmer und schloss die Tür. »Was ist?«, fragte er.

Sie sah ihn an, ein wenig abschätzend. Das dauerte unangenehm lange. »Ich weiß nicht, ob du weißt, dass wir alle mal irgendwie mit Haschisch in Berührung kommen. Ich hab´s auch versucht, aber ich habe mich übergeben müssen. Es ist ein widerliches Zeug. Ich mag es nicht,« Sie machte eine wirre Bewegung mit der Hand, als habe sie Angst. »Na ja, du weißt ja, dass man Hasch auch Einstiegsdroge nennt und ...«

»Ich bin Chemiker«, sagte Horstmann ironisch. »Bring mir nichts davon bei. Und dass mein Sohn qualmt, weiß ich.«

»Naja, warum soll er nicht, wenn's ihm Spaß macht! Aber das ist es nicht. Er hat tausend Joints angeboten gekriegt, also tausend Zigaretten. Vorzugspreis. Er hat alle tausend gekauft. Auf Pump. Jetzt sitzt er seit fünf Tagen oben in seinem Zimmer und qualmt. Und er geht nicht mehr zur Penne. Ich mache mir Sorgen.«

»Du machst dir Sorgen?«, fragte Horstmann. Er war erstaunt. »Wieso machst du dir Sorgen? Warum hast du mir das nicht früher gesagt?«

»Weil ich nicht wusste, dass du überhaupt noch mit uns sprichst«, sagte sie scharf. »Als ich dir sagte, dass ich ab und zu mit Jungens schlafe, habe ich mir gedacht, dass du doch nicht so hundsgemein elend bist, wie ich geglaubt habe. Na schön, du hast zwar nicht Vater gespielt, aber du kannst es jetzt etwas nachholen. Harald hat nämlich kein Geld, den Stoff zu bezahlen. Und wenn ihn der Verkäufer erwischt, wird er zusammengeschlagen, oder was weiß ich.«

»Es geht also wieder ums Geld«, sagte Horstmann enttäuscht. Musste er jetzt als sorgender Familienvater entsetzt in die Bude seines Sohnes stürzen und zu brüllen beginnen? Entsprach das der heutigen Vorstellung von Erziehung? Er fragte: »Wieso machst du dir Sorgen?«

Sabine zündete sich eine Zigarette an. »Ich mach mir nicht mal freiwillig Sorgen«, sagte sie, »es ist einfach so gekommen. Diese Familie besteht eigentlich nicht aus zwei Generationen, wie man immer so schön sagt, sondern aus drei Gruppen.« Sie lächelte schwach. »Ich habe mit Harald darüber diskutiert. Er ist auch der Meinung. Die erste Gruppe bist du. Du bringst das Geld ins Haus, du hast das Haus gekauft und bezahlt. Aber du bist eine Gruppe, denn deine Verbindungen zu Mama sind doch nicht mehr da. Also ist Mama die zweite Gruppe. Sie ist genauso allein.« Sie kicherte. »Mama ist schon froh, wenn sie mal irgendwo zum Kaffee eingeladen ist und sich so richtig ausheulen kann. Harald und ich bezeichnen euch beide nicht als Ehepaar, sondern als zwei Gruppen. Die dritte Gruppe sind Harald und ich. Wir haben wenig Verbindung zu Mama und fast überhaupt keine zu dir. Daher die drei Gruppen.«

»Das darf doch wohl nicht wahr sein«, sagte Horstmann, obwohl er sie genau begriffen hatte und obwohl ihre scheinbar verblüffende Theorie längst Praxis war. Jawohl, sie hatte recht. »Das meinst du doch nicht ernst.«

Sabine sagte ironisch: »Du bist doch ziemlich klug, nicht wahr? Mach doch keine Show daraus! Du weißt doch, dass es so ist.«

Ich müsste jetzt platzen, dachte Horstmann. Ich müsste jetzt, verdammt noch mal, platzen. Ich müsste ihr eins über den Mund geben. Ich müsste ihr eine Tracht Prügel auf den Hintern geben, dass sie eine Woche lang nicht sitzen könnte.

Ich müsste es tun, aber sie ist doch meine Tochter. Und hübsch ist sie.

Er sah aus dem Fenster. Immer hatte er die Vorstellung gehabt, dass eine Bank in einem Park der beste Aufenthaltsort für ein Ehepaar mit zwei Kindern war. Man sah sie dort von vorn, von hinten, von der Seite. Sie saßen nebeneinander auf der Bank. Aber er hatte vergessen, dass diese Bank sehr lang war. Man konnte vom Nachbarn wegrutschen. Wie weit konnte man wegrutschen? Und was musste eigentlich geschehen, bis man spürte, dass der neben einem längst weggerutscht war?

»Ich möchte dich bitten, mich zu verstehen«, sagte er müde. »Es hat keinen Sinn, mir gegenüber ironisch zu sein oder arrogant oder aggressiv.«

»Ich will es nicht wollen«, sagte sie demütig. Und dann begann sie ein wenig zu weinen, und daraus wurde ein Lachen. Sie sagte: »Verdammte Scheiße! Man heult doch nicht wegen einem solchen Mistvieh von Vater.«

»Na ja«, sagte Horstmann, und er war glücklich. Hoffentlich kam Maria nicht, hoffentlich blieb sie lange weg. Er würde ihr trauriges und voller Kapitulation stehendes Gesicht nicht ertragen. Nicht jetzt, nachdem dieses langhaarige, so verdammt hübsche Biest ein bisschen geheult hatte. Himmel, er war glücklich. »Bienchen«, sagte er, »was machen wir denn mit Harald?« Es war nicht gut, zu viel Rührung zu zeigen.

»Du musst mit ihm reden«, sagte sie. »Und er braucht das Geld.«

»Wie viel kosten eigentlich tausend von so Dingern?«, fragte Horstmann sachlich.

»Zweitausendachthundert Mark.«

»Du lieber Himmel«, sagte Horstmann. »Dann wollen wir mal blechen.«

»Aber du hast nicht so viel Geld«, sagte sie.

»Ich habe«, sagte Horstmann ruhig. Es war ein erhebendes Gefühl, rotzig und wegwerfend sagen zu können: »Ich habe!« Er kostete das Gefühl eine Weile aus. Plötzlich fiel ihm etwas auf. Er fragte: »Wieso hat Mama mir nichts davon gesagt, dass Harald seit fünf Tagen oben in seiner Bude sitzt und dieses Sauzeug qualmt?«

»Sie weiß es doch gar nicht«, sagte Sabine, und sie schien sehr heiter zu sein.

»Das ist doch wohl nicht möglich«, sagte Horstmann ungläubig.

»Warum nicht?«, fragte Sabine, und ihre Heiterkeit schien sich zu steigern. »Er hat vor einem halben Jahr Mama verboten, seine Bude zu betreten und sein Bett zu machen und Staub zu wischen und so weiter. Er hat gesagt, seine Bude sei seine Sache.«

»Und Mama hat das hingenommen?«

»Ja.«

»Aber sie muss doch merken, dass er das Haus nicht mehr verlässt.« Jetzt war Horstmann erregt. Das war einfach zu viel, es war wirklich zu viel des Guten.

»Das muss sie nicht«, sagte Sabine. »Denk doch dran, wie es morgens bei uns aussieht. Wenn du ins Werk fährst, geht Mama einkaufen. Wir gehen zehn Minuten später zur Straßenbahn. Aber er geht gar nicht. Ich lache mich immer kaputt, wenn sie mittags die Treppe hinaufruft: ›Harald? Bist du schon da?‹ Und wenn er dann von oben brüllt: ›Seit zehn Minuten!‹ Und wenn sie dann den Kopf schüttelt und sagt: ›Komisch, ich habe den Jungen gar nicht nach Hause kommen hören.‹«

Horstmann sah wieder aus dem Fenster. Sie hatte recht mit diesen drei Gruppen, von denen sie gesprochen hatte. »Man darf nicht über Mama lachen«, sagte er, »im Grunde ist es doch traurig, dass so etwas geschieht.«

»Traurig?« Sie begann zu kichern. »Stell dir doch mal die Szene vor: Sie steht unten und ruft ihn zum Essen. Er sagt, er sei in der Schule gewesen, und dabei hat sie den ganzen Morgen mit Besen und Staubsauger unter seinen Füßen herumgewerkt und nicht gewusst, dass er da ist. Und alles das, weil er ihr verboten hat, sein Zimmer zu betreten. Weil er es abschließt. Ich finde das komisch.«

Horstmann überlegte einen Augenblick. Schließlich fand er, dass die Sache tatsächlich eine komische Seite hatte, obwohl sie zutiefst tragisch war. Aber das eine schloss das andere nicht aus. Er begann zu lachen. Und schließlich brüllten sie beide vor Lachen und umarmten sich. Es war ein kleiner, resignierter Waffenstillstand.

»Ich will jetzt raufgehen zu ihm«, sagte Horstmann.

»Mach es hart«, sagte Sabine.

»Wenn ich dich hier unten brüllen höre, bist du gut in Form.«

Horstmann sah sie neugierig an. Er schüttelte den Kopf und sagte: »Ich habe dich eben nicht geschlagen, ich werde auch nicht brüllen. Es hat keinen Sinn, verstehst du? Ich will meine Ruhe haben vor euch. Vor diesem ganzen Haus.«

Als er das Zimmer verließ, war er sehr befriedigt. Er hatte es immerhin fertiggebracht, Verwirrung in das Gesicht seiner Tochter zu schütten. Soviel Verwirrung, dass ihre Augen sehr groß gewesen waren. Es war ein mickriger Sieg, aber immerhin würde er ausreichen, ihre gottverdammte Gleichgültigkeit zu zerstören.

Horstmann ging die Treppen hinauf und suchte nach einem Programm. Er wollte an seinen Sohn herangehen wie an eine Forschungsaufgabe. Außerdem hatte er zweifellos ein objektives Interesse an ihm. Wie sahen eigentlich diese Leute aus, die tagelang Hasch geraucht hatten? Horstmann wusste genau, wohin Hasch führte. Oh ja, daran bestand kein Zweifel, er wusste es genau.

»Mach auf«, brüllte er burschikos, »ich möchte mit dir sprechen.«

»Ich muss arbeiten«, sagte Harald. Seine Stimme war etwas rau und klang gelangweilt.

»Dann stoße ich die Tür ein«, sagte Horstmann. »Das ist doch lächerlich. Du wirst mich doch wohl in dein Zimmer lassen.«

»Ich werde nicht«, sagte Harald. Er lag offensichtlich auf dem Bett, denn da war das Geräusch von Matratzen. Wahrscheinlich hatte er sein Gesicht jetzt zur Wand gedreht.

Horstmann überlegte einen Moment. Möglicherweise war das, was er tun wollte, falsch. Aber er hatte bei Sabine gespürt, dass es gefährlich war, zu kapitulieren. Er überlegte, welche Schulter mehr vertragen konnte. Er war Rechtshänder. Also drehte er sich leicht nach links und ließ sich sehr hart und ganz ohne Skrupel gegen die Tür fallen. Es gab einen sehr lauten Knall, aber die Schulter schmerzte nicht im Geringsten.

Der Junge lag auf dem Bett, das vollkommen zerwühlt war. Das Fenster war geschlossen. An den Wänden waren einige Plakate, ein paar Aktfotos, einige davon eindeutig pornographisch.

Horstmann roch das Haschisch, außerdem stank es widerlich nach schlechter Verdauung, Staub, Sperma. Horstmann war sehr wach, er unterschied die Stoffe sehr genau voneinander. Er sagte: »Dreh dich herum!«

Aber der Junge hatte sich schon herumgedreht. Er keifte: »Jetzt werde ich wie ein Untermieter behandelt. Macht der nicht auf, bricht man einfach ein. Könnte er eine Dame auf dem Zimmer haben?« Er wirkte unglaublich arrogant.

»Nein«, sagte Horstmann, dem es eine kaum zu unterdrückende Freude bereitete, Schläge auszuteilen. »Eine Dame hat das Schwein nicht auf der Bude. Dafür hat es onaniert, nicht gelüftet, eine Unmenge Hasch gequalmt, die Schule geschwänzt und zweitausendachthundert Mark Schulden gemacht.«

»Das hat Sabine gesagt, nicht wahr?« Das dunkle Haar des Jungen wirkte unglaublich schmutzig und verklebt. Unter seinen Augen waren tiefe, dunkle Furchen.

Wenigstens hat er regelmäßig gegessen, dachte Horstmann. Er sagte: »Ja, das hat mir Sabine gesagt. Sie macht sich Sorgen um dich.«

»Und du natürlich nicht. Du erfüllst eine lästige Vaterpflicht.«

»Nicht ganz«, sagte Horstmann. Er war zornig.

»Erzähl das deiner Großmutter«, sagte der Junge.

Horstmann war mit zwei Schritten über dem Bett und schlug dem Jungen die rechte Hand quer über das Gesicht. »Du bist ein Arschloch«, sagte er heftig. Er musste das Gebiss des Jungen getroffen haben, denn auf seinem Handrücken war eine flache Furche, die sich schnell mit Blut füllte.

Der Junge blutete heftig aus der Nase.

Horstmann ließ sein Taschentuch einfach in das Gesicht des Jungen fallen. Er war so über sich selbst erschrocken, dass er einen Augenblick lang das verzweifelte Gefühl hatte, nicht schlucken zu können. Mein Vegetativum, dachte er mechanisch, vielleicht macht es nicht mehr mit. Er wusste genau, dass bei solchen Erscheinungen eine so starke Hypotonie auftreten konnte, dass man vorübergehend in Ohnmacht fiel. Aber das war harmlos. Es war zu überspielen, wenn er etwas tat, irgendetwas. Und also brüllte er konsequent: »Sabine!«

»Ja?«, rief das Mädchen von irgendwoher.

»Bring mir einen Eimer mit Wasser. Und außerdem irgendeinen Schnaps.«

Normalerweise musste er jetzt reagieren, wie man es häufig in Romanen las oder in Filmen sah. Er musste erschrecken und dann irgendetwas Blödsinniges stammeln. Zum Beispiel: »Es tut mir leid« oder »das wollte ich nicht«, irgend so etwas. Aber er tat es nicht. Er wusste genau, dass dies sein Sohn war, der da unten auf dem Bett vollkommen fassungslos vor sich hinschluchzte. Ja, es war sein Sohn, aber es war nicht mehr sein Junge. Es lag ein großer Unterschied darin, ob man einen Jungen hatte oder einen Sohn. Er hatte jetzt nur noch einen Sohn. Das schmerzte ein wenig, aber zugleich war diese Erkenntnis heilsam. Sie war wie ein Schlussstrich unter einer Periode der Unsicherheit.

Er ging an das Fenster und dachte mechanisch, dass er sich jetzt engagiert hatte. Das war nicht mehr rückgängig zu machen. Er hatte damit begonnen, und er musste es zu Ende führen. Es war tatsächlich so etwas wie ein Forschungsauftrag, wenngleich er unendlich behutsam ausgeführt werden musste. Es ging nicht mehr um Kiefernfresser, es ging um seine Kinder. Horstmanns Gefühle waren zwiespältig und quälend.

»Wo hast du die Zigaretten?«, fragte er ganz ruhig.

Der Junge wischte sich mit dem Taschentuch über die Nase und sah starr gegen die Decke. »Wie fühlt man sich, wenn man den Sohn verprügelt?«

»Beschissen«, sagte Horstmann. Dann setzte er arrogant hinzu: »Wenn du dieses Zeug nicht geraucht hättest, könntest du mich ziemlich leicht verprügeln.«

Der Junge nickte schwach. Er war sehr stark getroffen, aber er begriff trotzdem sehr schnell. Er war schließlich sein Sohn. »Wenn ich fit gewesen wäre, hätte ich dich verprügelt.«

»Du bist aber nicht fit«, sagte Horstmann. »Wo sind die Zigaretten?«

»In der Schreibtischschublade. Was willst du damit machen?«

Horstmann wurde ironisch. »Ich werde Pfadfinder spielen. Jeden Tag eine gute Tat.« Er zog die Schublade heraus und starrte auf diese Masse an Unrat. War es Unrat? Vielleicht bestand die Möglichkeit, dass der Junge sie einfach wieder zurückgab? Man konnte Geld sparen.

»Kannst du sie zurückgeben?«

»Nein.«

»Warum nicht?«

»Der Händler würde was wittern. Vielleicht denkt er, ich hätte aus jedem Joint die Hälfte rausgemacht und dann also zweitausend Dinger fabriziert. Wenn ich ihm die tausend zurückgebe, wird er misstrauisch. Er hetzt mir seine Bande auf den Hals, was weiß ich.«

»Dann werden wir also Pfadfinder spielen«, sagte Horstmann.

Sabine kam mit dem Wassereimer herein und starrte auf das ausgebrochene Türschloss. Als sie Harald sah, wie er blutete, und als sie das viele Blut auf dem weißen Bettzeug sah, fragte sie: »Habt ihr euch geprügelt?«

»Nein«, sagte Horstmann. »Stell den Eimer hin und geh wieder hinunter.«

»Ja«, sagte sie. Es war unvermeidbar, dass sie hinzusetzte: »Warum müssen Männer immer so brutal sein? Man kann doch diskutieren.«

»Manchmal nicht«, sagte Horstmann. »Wenn Mama kommt, sagst du keinen Ton.«

»Ja«, sagte sie. Dann lief sie sehr schnell die Treppe hinunter, als habe sie Angst, es könne etwas Entsetzliches geschehen.

»Sie ist in Ordnung«, sagte Horstmann beiläufig. Er wollte vermeiden, dass Harald seine Schwester als Denunziantin ansah.

Der Junge aber sagte ohne Bitterkeit und Spott: »Das ist sie.«

Er war wohl erwachsen, er war erstaunlich erwachsen. Horstmann fragte sich, was er dachte. Was ging jetzt in diesem verdammten Schädel vor sich? Vielleicht hegte er Rachegefühle? Vielleicht schämte er sich? Horstmann entschied sich sehr schnell für das letztere, obwohl das Gesicht des Jungen vollkommen nichtssagend wirkte. Nach Horstmanns Erfahrungen mit sich selbst aber musste der Junge jetzt Scham spüren. Also durfte man ruhig einen Schritt weitergehen. Er nahm die Zigaretten mit beiden Händen aus der Schublade und warf sie in den Eimer mit Wasser. Er sagte: »Ich gebe dir einen Scheck. Du holst das Geld von der Bank und lieferst es ab. Heute Abend geht das nicht mehr. Aber du kannst morgen früh sowieso nicht in die Schule, du siehst aus wie das Leiden Christi zu Pferde. Du wirst statt dessen in den Zoo gehen oder vielleicht irgendwohin fahren, wo frische Luft ist. Klar?«

»Ich weiß nicht«, sagte der Junge. Seine Nase hatte zu bluten aufgehört, er setzte sich hin. »Hast du eine Zigarette?«

»Sicher«, sagte Horstmann. Er warf dem Jungen das Päckchen zu und beobachtete ihn, wie er mit unruhigen Fingern versuchte, das Streichholz an die Zigarette zu bringen. Der Junge tat ihm nicht leid. Mitleid war eine dumme Sache. Mitleid konnte eine blödsinnige Situation nur noch blödsinniger machen. »Leg dich auf den Bauch und stütz die Arme auf! Das Zittern ist ganz normal. Glaub´ nicht, dass es ein Zeichen von Charakterschwäche ist. Dein vegetatives Nervensystem funktioniert nicht mehr ganz richtig. Das gibt sich schnell.«

»Ich kann nicht schlafen«, sagte der Junge.

»Das könnte ich auch nicht«, sagte Horstmann. »Nicht bei dieser Menge von dem Zeug.«

»Aber ich will schlafen.« Der Junge machte einen etwas starren Eindruck.

»Das wirst du in drei oder vier Tagen wieder können«, sagte Horstmann. »Aber kauf keine neuen Zigaretten. Sie machen dich nur kaputt.«

»Hasch macht nicht süchtig«, sagte der Junge. Das klang sehr ernst und sehr endgültig.

Horstmann setzte sich auf einen Stuhl und begann leise zu lachen. Er war stolz auf sich. Er sagte: »Es gibt nichts Dümmeres als unqualifizierbares Blabla. Du kannst mit Alkohol, mit Nikotin, mit Pervetin, mit Tranquilizern, mit Hasch und so weiter und so fort alles in allem nur eines erreichen: eine zunächst sanfte Form von Vergiftung. Was danach folgt, ist erst einmal ein Psychiater und dann möglicherweise ein Krankenhaus. Dann bist du nämlich krank oder ein Neuröschen auf der Heide.«

Er warf seinen Zigarettenrest in den Eimer zu der sumpfigen Masse Haschisch. »Ich gebe zu, dass dieser Prozess Jahre dauert oder zumindest dauern kann. Aber er ist ebenso unaufhaltsam wie in früheren Jahrhunderten der Wundbrand.«

Er fand, dass er das gut formuliert hatte.

»Du musst es wissen«, sagte der Junge. Er war plötzlich müde.

»Ich weiß es«, sagte Horstmann, und ganz vage stieg ein Verdacht in ihm hoch. »Ich beschäftige mich in meinem Beruf unter anderem damit, Nervensysteme zu zerstören. In der letzten Nacht habe ich gerade eine neue Zerstörungsmethode gefunden. Es ging um einen Kiefernfresser, einen Schädling.«

»Und warst du gründlich genug?«

»Aber ja«, sagte Horstmann. »Er ist tot. Sag mal, was hast du eigentlich die ganze Zeit über gedacht, als du hier auf dem Bett lagst?«

»Ich weiß nicht«, sagte der Junge. »Manchmal dachte ich angenehme Sachen, und manchmal dachte ich weniger angenehme. Es kam darauf an.«

»Wieso hast du so viele Schulden gemacht?«

»Ich weiß es nicht. Ich wollte nur mit den Dingern hier sein und sie Stück für Stück qualmen.«

Horstmann beschlich wieder der Verdacht. »Wolltest du dich umbringen?«

9. Kapitel

Harald drehte das Gesicht zur Wand, was ein wenig theatralisch wirkte, da er doch nicht mehr auf dem Bett lag, sondern aufrecht saß. »Ich wollte mir nicht das Leben nehmen. Jedenfalls habe ich das nicht deutlich gedacht.«

»Dann waren es Depressionen«, sagte Horstmann schnell. Bloß nicht daran denken, dass der Junge ...

»Es waren Depressionen«, sagte der Junge.

»Und du hast gewartet, nicht wahr?«, fragte Horstmann. Er war jetzt unpersönlich und kühl, und er war erstaunt, dass er so sein konnte, obwohl er doch diesen Sohn liebte.

»Was meinst du damit?«

»Ich werde es dir erklären«, sagte Horstmann. »Du hast gewartet, dass irgend jemand kommt und irgendetwas explodiert. Du hast gewollt, dass ich dich schlage.« Es war so einfach. Es konnte gar nicht anders gewesen sein. Aber der Junge antwortete nicht. Horstmann fuhr fort: »Und am allerwenigsten hast du erwartet, dass ausgerechnet ich es sein würde, der das tat. Damit hast du nicht gerechnet. So ist das.«

Es dauerte sechzig oder achtzig Sekunden, es dauerte unendlich lange, bis der Junge sagte: »Ich glaube, ich habe gewollt, dass jemand hier hereinkommt und mich verprügelt. Ich hätte nicht gedacht, dass du so viel in den Knochen hast. Du hast einen ganz schönen Bums.«

»Ich war auch ganz schön wütend«, sagte Horstmann und war sehr zufrieden mit sich selbst.

»Mir ist schlecht.« Der Junge stand auf und lief an Horstmann vorbei die Treppe hinunter.

Horstmann trompetete ihm ein fröhliches Gelächter hinterher. Es war lange her, seit er in diesem Haus so angenehme

Minuten verbracht hatte. Es war verdammt angenehm, den Kindern helfen zu können. Er hatte zwar den unbestimmbaren Verdacht, dass er sehr selbstsüchtig dachte und sich durchaus nicht darüber klar war, ob er richtig handelte, aber er verdrängte diesen Gedanken schnell.

Der Junge kam wieder, grinste matt und ließ sich auf das Bett fallen. Er sagte: »Warum wird das Zeug nicht einfach verboten?«

»Man kann es verbieten«, sagte Horstmann melancholisch. »Aber man schiebt das eigentliche Problem nur vor sich her. Wir haben zwanzig Jahre lang eine soziale und vor allem christliche Regierung gehabt. Man sollte meinen, sie hätten uns lehren können zu beten. Stattdessen, haben wir nur zwei Dinge gelernt. Nämlich Fressen und Saufen. Und deine Haschqualmerei ist die konsequente Fortsetzung.«

»Das ist gut«, sagte der Junge. »Ich möchte jetzt schlafen.«

»Sicher«, sagte Horstmann, »sicher.« Er trank den Schnaps, den Sabine ihm gebracht hatte, und sagte: »Mach es gut!« Dann ging er die Treppe hinunter. Er hatte jetzt ein wenig Angst davor, seiner so farblosen Frau gegenüberzutreten, die keine Jungfernschaft mehr zu verlieren hatte, die nicht Haschisch rauchte und auch nicht schluchzte, die nur einfach da war, nicht mehr. Er dachte, dass nie etwas in seinem Leben an Besonderheit mehr geschehen würde, wenn er weiter stur wie ein Zugochse an ihrer Seite dahertrabte. Es war gut gewesen, sich hunderttausend Mark zu beschaffen.

Im Wohnzimmer fragte Sabine: »Du hast ihn geschlagen, nicht wahr?«

»Ja«, sagte er.

»Hat er sich beruhigt?«

»Ich glaube.«

»Gibst du ihm das Geld?«

»Natürlich«, sagte er.

»Ich würde es nicht tun«, sagte sie. »Ich würde an deiner Stelle diesen Verkäufer selbst bezahlen.«

»Ich gebe mich nicht mit solchen Leuten ab.«

»Es ist nur so ein Gefühl«, sagte sie. Dann legte sie wieder diese Platte auf mit dem Titel »Der Condor zieht vorbei«. Sie wirkte melancholisch.

Es war bitter, wenn man den Kindern sagte, man verstehe sie nicht. Die Kinder sagten dann höhnisch etwas von »weltfremd« oder »autoritär« oder »Establishment« oder »hoffnungslos«. Und man durfte sie nicht wissen lassen, dass man genau begriffen hatte, was in ihnen war: Ihr Hohn war nicht echt, sie gebrauchten diese Begriffe, ohne sie richtig verstanden zu haben.

Horstmann wusste plötzlich, dass zwischen ihm und seinen Kindern nicht sehr viel Unterschied war. Er wollte fliehen, Sabine und Harald waren schon geflohen. Und die Gründe waren die gleichen; es war diese so beschissene Zeit, diese gottverdammte Art, so hastig und rücksichtslos zu leben, dass neben einem ein Mensch zerbrach und verging, ohne dass man die Signale seiner Not hörte. Die Antennen dafür hatte man sich abbrechen lassen, und die meisten Menschen, die er kannte, fragten stets mit den Augen einer Kuh: »Wohin soll dies noch führen?«

Horstmann trank noch einen Schnaps, nur um irgendetwas zu tun. Irgendetwas in ihm weinte, und er war so hilflos dagegen, dass er wütend wurde. »Es ist eine Scheiße!« sagte er.

»Kommt drauf an«, sagte Sabine. »Manchmal möchte ich mir von einem Neger oder von einem Chinesen ein Kind machen lassen. Und dann möchte ich eine Insel haben für mich allein.«

»Was willst du mit einer Insel?«, fragte Horstmann.

»Ich weiß es nicht«, sagte Sabine. »Mama kommt.«

Marias Gesicht erschien im Halbdunkel des Korridors. Horstmann konnte dieses Gesicht nicht genau sehen, aber er wusste, wie es aussah. Es war eine Mischung aus Neugier und Furcht.

Horstmann hatte schon häufig darüber nachgedacht, wovor sie sich fürchtete, und er hatte auch danach gefragt. Als er jedoch begriffen hatte, dass sie es selbst nicht wusste oder nicht wissen wollte, weil ihr Unterbewusstsein die Gründe nicht freigab, hatte er es aufgegeben, weiter danach zu forschen. Das war nun schon viele Jahre her.

Sie stand da, zaghaft modern gekleidet, und ihr Gesicht war ein nicht genau auszumachendes Objekt. Sie sagte: »Entschuldigt bitte, ich habe mich verspätet, habt ihr schon Hunger?«

»Es ist zu ertragen«, sagte Horstmann gutmütig. »Es ist noch früh, aber ich muss noch einmal fort.« Er fragte sich, warum er überhaupt die Anstrengung machte, gutmütig zu sein. Wahrscheinlich war es die aus Traditionen überkommene Höflichkeit in ihm. Im Grunde jedoch war es gleichgültig, was es war. Es ist nun einmal besser, höflich zu sein, dachte er. Es macht vieles einfacher und bequemer. Man braucht sich nicht anzuschreien, sich nicht zu verdächtigen, sich nicht einmal aus dem Weg zu gehen. Die Ehe latscht eben daher wie ein Paar Filzpantoffeln auf einem Krankenhausgang. Und plötzlich war er zornig. Er dachte: Hoffentlich ist einer ihrer Herzanfälle stark genug, sie zu töten. Zum ersten Mal tat ihm ein solch plötzlicher Gedanke nicht leid.

»Wohin musst du?«, fragte sie, obwohl sie genau wusste, was er antworten würde.

»Ins Werk«, sagte er.

Sie glaubte ihm einfach deshalb, weil er bis zu diesem Abend immer ins Werk gegangen war. Und ihm fiel es deshalb so leicht zu lügen, weil er fest daran glaubte, lügen zu müssen. Später wollte er nicht mehr lügen. Er malte sich heiter und selbstgefällig aus, was sie sagen würde, wenn er genüsslich bemerkte: »Ich gehe mit Ocker essen, dann ein wenig saufen. Vielleicht in einen Puff. Sicher in einen teuren Puff. Ocker kennt da eine hervorragende Frau. Sie ersetzt den Psychiater, sagt Ocker.«

Was würde sie sagen? Sie würde entsetzt sein. Um Himmels willen, würde sie denken, wie kann dieser Mann, der immer so ein braver Bürger gewesen ist, der ein Haus hat und zwei Kinder großgezogen hat – wie kann denn ein solcher Mann plötzlich so etwas tun?

Er hatte natürlich die Möglichkeit, die halbe Wahrheit zu sagen. Etwa die: »Ich gehe mit Ocker essen. Ich muss mal abschalten.« Aber halbe Wahrheiten waren nutzlos und überdies gefährlich. Sie waren wie schlechter Leim.

»Wird es lange dauern?«, fragte Maria.

»Wahrscheinlich die ganze Nacht«, sagte Horstmann. »Ich muss mit Ocker an den Kiefernfressern weiterarbeiten.«

»War meine Lösung richtig?«

»Sie war richtig«, sagte Horstmann. Es war unbequem, ausgerechnet Maria sagen zu müssen, ihre Lösung sei richtig gewesen. »Wenn du willst, gehen wir in den Keller. Ich erkläre dir, was ich mit deinem Grundgedanken gemacht habe.« Er sagte »Grundgedanken«, um den Abstand zu wahren.

»Das wäre fein«, sagte sie. »Wollt ihr zuerst essen?«

»Nicht nötig.« Sabine lächelte ironisch, als wisse sie genau, was ihr Vater vorhatte. Aber es war sicherlich dumm, das anzunehmen. Woher sollte sie es wissen? Mädchen in diesem Alter blufften gern.

»Na, komm«, sagte Horstmann gönnerhaft. Ganz leise stieg wieder der Ärger in ihm hoch, dass er Maria nichts von den hunderttausend Mark sagen konnte, die er auf eine so glänzende Art gewonnen hatte.

»Ich habe heute Morgen mit dem Chef gesprochen«, sagte er, »Ich habe ihm die Lösung des Problems erklärt. Er hat mir dreihundert Mark Gehaltszulage gegeben.«

»Das ist schön«, sagte sie schnell. Sie stand auf der Kellertreppe ein paar Stufen über ihm und freute sich für ihn. Für sich selbst freute sie sich anscheinend niemals, ebenso wenig wie sie auf irgendetwas stolz war, das sie jemals getan hatte. Wahrscheinlich fürchtete sie sich sogar davor.

»Meine Formel«, sagte Horstmann, während er die Lampen einschaltete, »war zwar kein Geniestreich, aber immerhin vollkommen logisch. Sieh dir die Viecher an!« Er deutete in die Ecke des Raumes, wo auf einem Haufen Kiefernzweige die gefräßigen Schädlinge wie rosa Blüten saßen.

Horstmann ging an die Tafel, die er sich selbst in die Betonwand eingedübelt hatte, und begann zu schreiben. »Das ist die Formel. Sie sieht kompliziert aus, aber sie ist es nicht, wenn man begreift, was dahinter steckt. Ich meine, wenn man meinen Grundgedanken versteht. Der Grundgedanke stammt von dir.« Er erwartete ganz fest, dass sie den Kopf schütteln würde in Demut, und er war geradezu erschreckt, als sie heftig nickte.

»Ich habe zwar das Meiste vergessen, aber einiges weiß ich noch. Wenn ich die einzelnen Stoffe addiere, muss sich zwangsläufig ein Mittel ergeben, das das Wasser entzieht. Es bindet Wasser. Und zwar heftig und schnell. Komisch.« Sie lachte wieder dieses keusche, verschämte Lachen. »Ich habe gedacht, ich würde so etwas nicht mehr können. Formeln lesen, meine ich. Aber manchmal kann ich es noch. Diese

Formel werde ich nie vergessen. Sie ist gut, mein Gedanke war gut.«

Wieder war sie stolz auf ihn, nicht auf sich, weil sie ihn zum Beispiel hatte heiraten können. Sie war nur stolz auf ihn. Mir ihrer totalen Passivität konnte sie Horstmann krank machen.

Er sagte: »Es ist doch scheißegal, ob ich die Formel entwickelt habe! Freu dich doch darüber, dass du nicht alles verlernt hast! Ocker hätte zum Beispiel die Formel nicht sofort deuten können. Freu dich doch endlich mal!«

Sie war einen Augenblick lang verwirrt. Dann war nichts mehr von ihrer Neugier da, nur noch Furcht. »Es hat doch keinen Zweck«, murmelte sie. »Ich bin zu alt. Sieh mich doch an!«

Horstmann sagte: »Du übertreibst.« Aber es klang nicht überzeugend. Er versuchte es zum tausendstenmal oder zehntausendstenmal. Bisher war er immer zurückhaltend gewesen, nun wurde er ganz gezielt vulgär. »Du musst doch den Eindruck haben, dass du etwas versäumt hast. Du weißt doch ganz genau, dass wir beide furchtbar viele Dinge nicht getan haben. Zum Beispiel im Bett. Gib doch endlich zu, dass du manchmal träumst, die verrücktesten Dinge mit mir zu tun. Ich weiß das genau, denn manchmal stöhnst du im Schlaf vor Geilheit, jawohl, es ist Geilheit. Soll ich das Wort buchstabieren? Wieso gibt es nach zwanzig Jahren Ehe Schranken? Warum hast du zwanzig Jahre lang jedes Mal vollkommen verkrampft gesagt: Bitte nicht! Die Kinder könnten uns hören! Weißt du, dass diese Kinder im Bett schon beide besser sind als wir zwei?«

Er wollte sich weiter steigern und sich weiter in irgendwelche wolllüstigen Vorstellungen hineinarbeiten. Aber er stoppte abrupt, weil er dachte, dass auch dieser Versuch ohne Ergebnis bleiben würde. Er setzte noch hinzu: »Und alles das hat uns total verklemmt gemacht.« Dann atmete er tief aus und versuchte zu lächeln, aber er konnte nicht.

Sie hatte sich an die Wand gelehnt, und sie starrte ihn aus sehr groben Augen an. Sie war entsetzt. Es war so richtig, was er gesagt hatte, es war so gemein und quälend richtig. Sie wollte irgendetwas erwidern. Sie wollte ihm sagen, er solle sie nicht mit Worten quälen. Er solle sie lieber lange streicheln und dann versuchen, irgendetwas Blödsinniges mit ihr zu tun. Einmal, zweimal, dreimal, fünfzigmal. Vielleicht würde sie dann aufwachen und glücklich sein.

Sie konnte nichts sagen, ihr Mund war trocken. In einem sehr heftigen Anfall von Furcht rannte sie die Treppe hinauf, durch den schmalen Korridor in die Küche und lehnte sich keuchend an den Eisschrank, und dann begann sie in Gedanken mit ihrem Mann zu sprechen, beinahe kindlich: Ich habe doch so einen weiten Weg gehen müssen, Lieber. Und ganz allein. Ich konnte doch nichts sagen, weil schon meine Eltern tief in mich hinein den Satz gelegt haben, dass man über so etwas nicht spricht. Das ist aber nur der erste Teil des Weges. Als sie mir die ersten Hosen anzogen, waren die nicht aus Stoff, sondern aus Zement. Sie haben sehr eifrig daran gearbeitet, dass alles, mein Schoß, meine Brüste, mit Zement verschmiert wurden. Und dann haben sie geduldig gewartet, bis dieser Zement steinhart war. Dann erst haben sie mich auf die Welt gebracht, dann erst durfte ich manchmal allein sein. Siehst du jetzt meinen Weg, Liebster?«

Sie erschrak und dachte darüber nach, was sie eben erkannt hatte. Und plötzlich überfiel sie Heiterkeit. So war es. Sicherlich, so war es. Alles war einbetoniert. Sie brauchte einen Hammer. Nein, sie brauchte zwei Hämmer. Er konnte ebenso gut den Beton losschlagen wie sie. Es gab keinen

Grund, warum nicht er den Beton losschlagen sollte. Er war schließlich kräftiger. Wichtig war nur, dass er dabei gar nicht redete, den Beton traf und niemals ihre Haut. Wenn er nur den Beton traf, war es gut, dann war sie frei, und sie konnten alles tun. Wenn er nicht so viel sprach und nur den Beton einfach Stück für Stück von ihr herunterschlug. Von ihren Brüsten, aber hauptsächlich von ihrem Schoß. Denn er hatte, so dachte sie, im Grunde recht: Ihr Schoß gehörte ja ihm, und es war eigentlich ungehörig, fremdes Eigentum zu behalten. Diese Idee fand sie amüsant, zum ersten Mal seit langer Zeit fand sie eine Idee amüsant.

Dann kam sekundenlang eine Welle der Furcht. Es war ein ähnliches Gefühl, als ob man in dem rumpelnden Waggon einer Achterbahn saß und eine Fünfundvierzig-Grad-Neigung herunterschoss. Sie dachte: Er muss aber sehr schnell zuschlagen. Mein Gott, hoffentlich ist es nicht zu spät.

Sie lief zurück, die Kellertreppe hinunter. Er saß vor seinem Labortisch und betrachtete irgendetwas durch das Mikroskop. Er sagte: »Gibt's Essen? Ich komme sofort.«

Sie trat ganz dicht hinter ihn und legte ihm die Hände auf die Schultern. Sie sagte ein wenig heiser: »Du hattest vorhin Recht.«

Er drehte sich herum, grinste und sagte jovial und kumpelhaft: »Na siehst du, Mädchen? Ich sagte doch, dass es noch gut wird.« Und er freute sich wirklich darüber, wenngleich er die Hoffnung längst begraben hatte. Etwas eifrig sagte er: »Ich esse schnell was, dann erledige ich die Sache im Werk und komme wieder, ja?« Es hatte sich nichts verändert, er wollte gehen.

»Ja«, sagte sie. Als sie die Kellertreppe hinaufging, als alles wieder einmal nicht anders war wie so viele Jahre, dachte sie zornig, dass er alles buchstäblich zerredet hatte. Hätte er doch bloß seinen Mund gehalten, diesen ewig sprechenden, flüsternden, erklärenden, dozierenden Mund. Warum hat er nicht in meinen Augen sehen können, was zu tun war? Er hätte mich doch einfach und ohne ein Wort nehmen müssen. Ich glaube, ich habe noch nie so schnell aus meinen Kleidern gewollt wie eben. Warum quält er mich so?

Zuweilen konnte Maria Horstmann sehr wissenschaftlich denken. Das war etwas, das ihr geblieben war. Aber es schmerzte, wenngleich es für kurze Zeit Selbstvertrauen gab. Wenn sie einmal all die kuriosen Wege in eine Gerade brachte, die Menschen ihrer Meinung nach gingen, so konnte es nur so enden: Ihr Mann würde fortgehen, auf eine höchst lapidare und undramatische Art und Weise fortgehen. Und es gab nur ein Mittel, das zu verhindern: Sie musste sein Leben teilen. Auch dann, wenn er es nicht mit ihr teilen wollte. Ich müsste ihn in die Hand bekommen, dachte sie verwirrt und verließ die Bahnen kühler Überlegenheit. Sie hielt es nie lange durch, kühl über ihr Leben nachzudenken. Es schmerzte zu sehr.

Horstmann hatte wieder einen der Nordamerikanischen Kiefernfresser auf dem Objektträger seines Mikroskops. Er war nicht gezwungen, das zu tun. Er tat es, weil er in diesem Moment nichts Besseres zu tun wusste. Er erinnerte sich an ihre Worte und an ihren merkwürdigen Gesichtsausdruck. Er dachte, dass es gut sei, Maria nicht angerührt zu haben, denn wahrscheinlich wäre sie wie immer angstvoll zurückgeschreckt, und er wäre insgeheim wütend geworden. So habe ich ungetrübt diesen Abend mit Ocker vor mir. Hoffentlich hat er alles auf Lager, was ich will. Ich will viel. Es wird Zeit, dass ich es bekomme. Diese Familie hemmt mich. Am meisten hemmt mich Maria. Es könnte so sein, wie sie neulich sagte: Ihr Herz könnte plötzlich aufhören zu schlagen. Ich würde keine Trauer empfinden. Vielleicht zuweilen, aber keine langwährende und tiefe. Es ist vielleicht am besten, wenn ihr Herz aufhört zu schlagen. Ihr ist gedient, mir ist gedient.

Aber er war nicht sicher, ob das die Wahrheit war. Er fand seine Gedanken gemein. Aber war das nicht gemein? Es war doch nur ein klein wenig Egoismus nach zwanzig miesen, langweiligen Jahren mit Bausparverträgen.

Sabine rief, das Essen sei fertig. Horstmann drehte die Lampen aus und ging hinauf. Sie saßen schon am Tisch. Sabine machte ein mürrisches Gesicht, Harald sah schlecht aus, Marias Gesicht war ausdruckslos.

»Ich werde euch etwas sagen«, sagte Horstmann gutgelaunt. »Eure Mutter hat eine tolle Sache gemacht. Sie hat eine Formel gefunden, die ich vor lauter Arbeitseifer und Müdigkeit nicht gefunden habe. Es ist eigentlich schade, dass eure Mutter nicht in meinem Labor arbeitet.« Jeder Satz klang falsch und nach Heuchelei. »Ich habe versprochen, Mutter etwas ganz Besonderes zu schenken. Zwanzigtausend Mark.«

»Ich werde verrückt«, sagte Sabine.

»Ich will nicht«, sagte Maria blass.

»So was«, sagte Harald.

»Es muss sein«, sagte Horstmann. Er holte sein Scheckheft, schrieb den Scheck aus und gab ihn seiner Frau. Er murmelte: »Du kannst damit machen, was du willst.«

Es war, weiß Gott, kein Erfolg. Horstmann aß schnell zu Ende und setzte sich dann auf die Terrasse. Die Zeit verging viel zu langsam.

Maria kam hinaus und setzte sich zu ihm. Sie zerknitterte den Scheck zwischen ihren Fingern, »Warum hast du das getan?«

»Es war so abgemacht«, sagte er.

»Ich will es nicht.«

»Du wirst schon wollen«, sagte er. »Kleider, einen Pelz, Schuhe, Unterwäsche und so.«

»Warum soviel? Woher hast du das Geld?«

»Vom Chef«, sagte er. »Es ist die Belohnung für die Formel. Und die Formel war deine Idee.«

»Soviel zahlt er niemals«, sagte sie mit einer erschreckenden Hellsichtigkeit. »Vielleicht zahlt er fünftausend. Aber dreihundert Mark Gehalt mehr und zwanzigtausend Mark Prämie?«

»Traust du mir nicht?«, fragte er heiter.

»Nein«, sagte sie. »Ich weiß, dass es ungerecht ist, aber ich traue dir nicht. Du willst dich loskaufen mit diesem Geld.«

»Nein«, sagte er. Die Sache war vollkommen verpatzt.

»Du willst die Familie aufgeben«, sagte sie monoton. »Ich habe das schon seit langem gespürt. Aber ich werde es dir nicht einfach machen.« Sie stand auf und ging in die Küche.

Horstmann war sehr verwirrt, obwohl bei näherem Hinsehen Verwirrung nicht nötig war. Was sollte sie schon unternehmen können gegen ihn? Sie würde es letztlich nicht wagen.

»Du bist ein verrückter Typ«, sagte Sabine. »Erst tust du jahrelang so, als hättest du uns alle hängenlassen, und dann schenkst du Mama so viel Geld. Sie ist glücklich, glaube ich.«

»Ich weiß nicht recht.«

»Sicher ist sie das«, sagte Sabine. »Sie muss die Geschichte erst einmal verdauen. Ich müsste zwanzigtausend Mark auch verdauen. Du bist ein irrer Typ. Mit dir möchte ich mal eine Reise machen.«

»Wieso das?«, fragte er.

»Nur so«, sagte sie. »Ich fange an, dich zu mögen.«

»Das klingt gefährlich.« Er lächelte.

Er verließ das Haus gegen halb neun. Wie immer trug er seine Aktenmappe bei sich. Er fuhr schnell die Strecke bis zu Ockers Wohnung, klingelte und ging hinauf.

Ockers Frau machte auf, eine Frau mit sehr viel Busen, einem Hang zu grellem Gekreisch und mit einer Vorliebe für schmutzige Witze ohne Pointen. Sie war genau die Frau, die zu Ocker passte. Ockers Frau sah mit einem schiefen Lächeln an Horstmann hoch.

»Ich will deinen Mann abholen«, sagte er.

»Ich weiß. Ich bin sauer.«

»Wir arbeiten schnell«, sagte Horstmann beruhigend. Und weil er in dieser Wohnung und bei diesen Leuten instinktiv immer direkt und ohne jede Scheu war, setzte er hinzu: »Du kriegst ihn noch früh genug in dein Bett.«

»Wenn er nach Hause kommt, schlafe ich, oder ich bin im Tran. Dann ist man nicht gut für sowas«, sagte sie mürrisch. Sie versuchte nicht einmal, ihre Begierde zu verschleiern, und Horstmann fand das großartig, Er sagte: »Ist er noch in der Badewanne?«

»Sicher. Er macht sich so fein, als wolltet ihr einen Luxuspuff besuchen oder eure Sekretärinnen verführen.

»Er ist doch eitel«, sagte Horstmann,

»Ja«, antwortete sie verächtlich. »Aber warum müsst ihr denn arbeiten?« Es war so einfach: Sie wollte ihren Mann, und sie war schlechtgelaunt, weil sie ihn nicht bekommen konnte. Jetzt und diesen ganzen Abend lang. »Magst du ein Bier? Oder einen Schnaps?«

»Vielleicht einen Schnaps«, sagte Horstmann und setzte sich auf das Sofa. Alles in dieser Wohnung war streng nach geraden Linien geordnet, und alles wirkte kitschig. Alles atmete Ocker.

Horstmann beobachtete Ockers Frau, wie sie Schnaps in zwei kleine Gläschen füllte. Sie trug einen weißen Küchenkittel, und als sie sich bückte, sah Horstmann, dass sie darunter nackt war. Er lächelte und konnte sich sehr gut vorstellen, wie es gewesen sein musste. Wahrscheinlich hatte sie ihn verführen wollen, und er hatte ihr nicht rechtzeitig gesagt, dass er noch einmal ins Werk gehen müsse.

»Sei nicht sauer«, sagte er. »Ich bring ihn dir so schnell wie möglich wieder.«

»Schon gut.« Sie trank den Schnaps. »Es ist nur so, dass ich ihn beinahe so weit hatte, dich anzurufen und abzusagen. Aber er hat es natürlich nicht getan. Manchmal sollte man meinen, ihr seid beide schwul.«

»Du bist schon ausgezogen«, sagte Horstmann. Es konnte so schön einfach sein, mit einfachen Leuten über einfache Dinge zu sprechen.

»Eben hatte ich noch nicht mal den Kittel an«, meinte sie. »Aber das war eben. Willst du ein Bier?«

»Lieber noch einen Klaren«. sagte Horstmann. »Ich finde es gut, wenn ein Ehepaar nach so vielen Jahren Ehe noch so prima zusammen ist.«

»Es ist nicht immer einfach«, sagte sie, »aber man muss es nur wollen. Es gibt Tricks.«

10. Kapitel

Horstmann war begierig, in Einzelheiten zu gehen, aber er glaubte, Ockers Frau zu kennen. Sie würde sich hüten, vor dem Horstmann irgendwelche Einzelheiten über ihr Eheleben preiszugeben. Einen Augenblick lang hatte er das Empfinden, dass das auch undiplomatisch wäre, aber dann kam Ocker herein und veränderte die Situation schlagartig. Er war nackt.

»Du bist wohl verrückt«, sagte seine Frau.

»Warum?«, fragte Ocker.

»Glaubst du, Horstmann hat noch keinen nackten Mann gesehen?«

»Doch, das habe ich«, sagte Horstmann und lachte.

Ockers Frau lachte auch, aber es klang gepresst. »Was suchst du denn?«

»Schwarze Socken.«

»Warte, ich habe welche im Badezimmer.«

Sie verschwanden beide und ließen die Türe hinter sich zufallen. Horstmann goss sich noch einen Schnaps ein und hörte auf die Geräusche, die sie machten. Zuerst wurde irgendeine andere Tür geöffnet und geschlossen, dann lachte Ocker, und seine Frau stieß einen hellen, lustigen Schrei aus. Dann schlug wieder eine Tür. Es hörte sich so an, als jagten sie sich. Horstmann hoffte, dass es bald vorbei sein möge. Er trank noch etwas von dem Schnaps. Dann war es sehr still.

Horstmann hielt den Kopf gesenkt, obwohl er vollkommen allein war. Er fürchtete plötzlich die Konfrontation mit den Ockers. Und er ahnte, dass sie ihn glatt und kompromisslos zu irgendwelchen Spielchen einladen würden. Sie standen auf dem Standpunkt, das sei der Gesundheit zuträglich und erhalte den Menschen jung. Sie pflegten das häufig zu betonen. Ocker hatte einmal gesagt: »Weißt du, wenn Maria nicht da wäre, sondern eine, die ein bisschen anders ist, aufgeschlossener, weißt du, nicht so ein scheues Reh wie deine Alte, dann könnte man schon auf manche gute Idee kommen. Wir haben ziemlich viele gute Ideen.«

Und jetzt stand Ocker wieder nackt in der Tür und grinste. Er sagte: »Komm mal her, Doktorchen!«

Horstmann sagte scharf: »Wir wollen doch arbeiten.«

»Ja, ja«, sagte Ocker. »Komm doch mal her!«

»Nein«, sagte Horstmann heftig.

Ocker versuchte offensichtlich, irgendeine Erklärung zu finden, aber dann erschien es ihm sinnlos. »Ich komme«, sagte er.

»Ich gehe und warte im Wagen«, sagte Horstmann. »Aber beeile dich gefälligst.« Er nahm im Korridor die Aktenmappe und lief hinaus. Seine Schuhe verursachten auf den glatten Steinstufen der Treppe einen mörderischen Lärm.

Ocker lotste Horstmann in eine Gegend, von der bekannt war, dass dort besonders viele Amerikaner waren, die ein Mädchen suchten, es nahmen, bezahlten und wieder gingen. Die Tanzlokale und Kneipen hatten Namen wie »The Corner« oder »Lilly's Club« oder »Red Sky«. Horstmann kannte diese Gegend flüchtig. Er hatte einmal einen Besucher des Werkes nach einem Abendbummel hierhergefahren und ihm erklärt, dies sei das Viertel, in dem die amerikanischen Truppen, von denen es in der Frankfurter Gegend sehr viele gibt, das deutsche Gretchen kaufen könnten.

»Typische Soldatenpuffs«, hatte Horstmann erklärt. »Aber die Jungens müssen natürlich ihre Kraft loswerden.«

»Sie kennen das wohl genau?«, hatte der Besucher gefragt, ein Mann aus Tel Aviv mit einem sehr klugen und resignierten Gesichtsausdruck.

Horstmann hatte nicht widerstehen können. Etwas prahlerisch hatte er gesagt: »Man kann nicht seine Augen verschließen, sich die Hand vor den Mund halten und sich Wachs in die Ohren gießen. Man muss das kennen, wenn man dieses Leben kennen will.« In Wirklichkeit hatte er niemals in diesen Straßenzügen ein Bier getrunken, geschweige denn ein Mädchen gehabt.

Jetzt sagte er: »Das sind doch alles Ami-Nutten hier. Was soll ich mit so einer, die jede Woche zum städtischen Gesundheitsamt muss?« Er war empört.

Ocker grinste und sagte: »Warte doch ab. Du weißt doch gar nicht, wohin ich will.«

Die Straße, in die sie jetzt fuhren, war sehr dunkel. Wahrscheinlich funktionierten die Bogenlampen nicht. Es gab einige Häuser, und dann stand dort ein Schild: »Zur Kiesgrube.« Die Straße hörte auf, eine Straße zu sein, sie war ein Feldweg.

»Hier ist die Welt zu Ende«, sagte Ocker zufrieden, »aber fahr nur weiter.«

Horstmann steuerte den Wagen sehr eng an einem Kornfeld vorbei. Der Feldweg mündete schließlich auf eine schmale Straße, die vollkommen ohne Häuser war.

»Rechts«, sagte Ocker.

Nach einer Weile tauchte ein Gebäude auf, das schwach beleuchtet war. Es sah aus wie eine Kneipe aus der Jahrhundertwende. Es standen viele Autos da, einige deutsche und einige amerikanische und italienische Fabrikate. Es waren alles teure Wagen. Über der Tür des Lokals hing ein mattgrünes Schild, darauf stand »Billy's Place in the Village«. Es war ein Olivgrün und wirkte sehr solide und gar nicht marktschreierisch.

Ocker stieg aus und ließ die Wagentür zufallen. Er sagte: »Das war früher mal ein amerikanischer Offiziersclub. Dann war er eine Weile geschlossen, weil die Militärpolizei irgendwelche Schweinereien aufdeckte. Ich glaube, es war so eine Art Theater. Irgendeine Frau schlief mit irgendeinem Mann auf der Bühne, und alle durften zugucken. Woher der Name stammt, weiß ich nicht. Jetzt gehört es einer Deutschen. Sie heißt Karin, es wird gesagt, sie sei Philosophiestudentin gewesen, aber sie spricht nicht darüber. Sie sieht toll aus, und sie hat viel mit Männern. Hier gibt es die Frauen, die du haben willst.« Er setzte ein mattes »hoffentlich!« hinzu, als habe er Angst, alles könne schieflaufen und er würde Horstmann enttäuschen. Es war wirklich schwer, sich bei Horstmann auszukennen.

»Was sind das für Frauen? Gewerbsmäßige?«

»Nicht eine«, sagte Ocker. »Karin lässt so was nicht in ihren Stall. Es sind meistens Studentinnen oder junge Frauen, die geschieden sind oder noch verheiratet mit einem Mann, der nichts taugt.« Ocker unterrichtete jetzt. »Du darfst hier niemals Geld anbieten. Wahrscheinlich wird auch keine Geld von dir verlangen, aber sie hoffen natürlich, dass du es ihnen auf den Nachttisch legst. Sei nicht knauserig!«

»Du kannst eine Frau für ein paar Wochen oder Monate ganz allein für dich haben, oder jedenfalls fast. Karin animiert die Frauen auch nicht. Sie bestellen sich auch keinen Bananenflip für zwanzig Mark das Stück oder eine Flasche Pommery für einhundertachtzig. Du kannst Bier trinken, wenn du willst, und auch Whisky. Und der Whisky, den du kriegst, ist sauber und ohne Wasser. Und auch der Whisky, den die Frauen trinken, ist sauber. Das ist kein Nepp hier, verstehst du! Es ist eine teure, solide Angelegenheit.«

»Wo spielt sich denn das andere ab?«, fragte Horstmann. Er war jetzt aufgeregt.

»Nicht hier«, sagte Ocker. »Karin vermietet keine Zimmer oder so was. Du musst mit dem Mädchen schon irgendwohin fahren. Die meisten werden dich mitnehmen in ihr Appartement. Geh nie in ein Stundenhotel. Das lehnen sie alle ab. Es ist wirklich sehr solide.«

»Und Polizei?«, fragte Horstmann. Der Gedanke an eine mögliche Razzia, von der er nur nebulöse Vorstellungen hatte, störte ihn.

Ocker lachte: »Polizei kommt nie hierher. Die sind doch froh, so was Solides wie Karin zu haben. Karin müsste das Bundesverdienstkreuz kriegen, wenn du mich fragst.«

»Also los«, sagte Horstmann. »Soll ich dir Geld geben? Ich habe dich eingeladen.«

»Ich nehme es an«, sagte Ocker und lachte.

Horstmann gab ihm dreihundert Mark und sagte: »Es ist jetzt elf Uhr. Ich denke, wir machen es so: Ich rufe später bei mir zu Hause an und sage, es dauert lange. Morgen früh um acht treffen wir uns hier vor dem Haus. Du musst ein Taxi nehmen und steigst dann hier um in meinen Wagen.« Es war so eine Verabredung, wie sie unter Männern üblich ist.

Das Lokal war eigentlich kein Lokal. Horstmann fand, dass es eher an ein Sanatorium erinnerte, an ein Privatsanatorium. Es gab weder so etwas wie einen Schankraum, noch einen Korridor, noch irgendwelche Schilder wie »Zur Bar« oder »Zu den Toiletten«. Man kam durch die Tür und stand in einem großen, mit vielen Teppichen ausgelegten Raum, in dem etwa hundert Menschen in sehr heiterer Stimmung an ihren Tischen saßen und miteinander sprachen, tranken oder aßen.

Horstmann war sofort fröhlich, und das Aufgeregtsein blieb. Er setzte sich hinter Ocker und sagte ganz ruhig: »Gibt es hier eine Bar?«

»Aber ja«, sagte Ocker. »Die Treppe da hinten rauf. Willst du erst einen Schnaps?«

»Das möchte ich.«

Die meisten der Frauen waren tatsächlich hübsch, und es gab einige Tische, an denen zwei oder auch drei Frauen mit nur einem Mann zusammensaßen und sich angeregt unterhielten. Erst dann entdeckte er, dass einige der Frauen ihre Brüste entblößt hatten, und er wunderte sich darüber, dass ihn das nicht im mindesten erschreckte, nicht einmal erstaunt machte. Sie sahen alle so aus, als benutzten sie ihre Brüste, um die Männer ordentlich aufzuregen, und als seien sie froh, in aller Ruhe und Seriosität zeigen zu können, wie hübsch sie waren.

»Wie ist das?«, fragte Ocker in einem Ton, als habe er die Szenerie eigens für Horstmann gebaut.

»Hervorragend«, sagte Horstmann, »warum hast du mir das nicht eher gezeigt?«

»Ich wusste nicht, dass du so was wolltest«, sagte Ocker. »Das da ist die Bar.«

Es war ein großer Raum mit einer sehr langen Theke und einigen kleinen Tischen. Im Hintergrund machten drei Leute eine angenehme, schwingende Musik. Sie setzten Bach sehr gut in elektronische Sequenzen um. Die Musik biederte sich nicht an, sie war einfach da. Einige Paare tanzten, und einige der tanzenden Frauen trugen auch hier ihre Brüste entblößt. Das alles wirkte auf Horstmann heiter, gar nicht verdorben.

»Das ist Karin«, sagte Ocker.

»Guten Abend, Karin!« Die Frau war vielleicht fünfundzwanzig Jahre alt, sicher nicht älter. Sie hatte ein hübsches, ovales Gesicht in einem Rahmen aus mondgelbem, langem Haar. Sie war nicht einmal stark geschminkt. Sie sagte mit einer vollkommen ruhigen Stimme: »Herr Ocker! Ich freue mich.«

»Das ist Doktor Horstmann«, sagte Ocker, »unser Chef in der Forschungsabteilung.« Er konnte es einfach nicht lassen, damit anzugeben, dass Horstmann etwas ganz Besonderes war.

»Guten Abend, gnädige Frau«, sagte Horstmann. Sie trug ein ganz normales Kleid mit einem ganz normalen Ausschnitt und wirkte geschäftstüchtig wie ein Gebrauchtwagenhändler. Das war ein wenig abstoßend.

»Ich freue mich«, sagte sie. »Sie waren noch nicht hier?«

»Nein«, sagte Horstmann, »ich bedaure es. Aber ich wusste nicht, dass es so etwas überhaupt gibt.« Er durchlebte einen beklemmenden Zustand, als er in ihre Augen sah, die sehr klug schienen und sehr misstrauisch. Und er hatte den Eindruck, als zöge sich sein Zwerchfell nach oben gegen das Herz.

»Es ist auch nicht gut, wenn alle Welt das weiß«, sagte sie offen, »ich habe sowieso genug damit zu tun, manche Gäste hinauszuwerfen.«

»Was sind das für Leute?«, fragte Horstmann.

»Das sind die, die betrunken hier hereinkommen und meinen, sie wären in einem Freudenhaus. Sie fummeln an den Mädchen herum wie Schaufensterdekorateure an ihren Puppen. Und meistens haben sie schweißnasse Hände. Das ist widerlich.«

»Das ist es«, sagte Horstmann. Er zeigte ihr ein vollkommen glattes Gesicht. Sie war hübsch, sehr hübsch sogar. Und sie sah so aus, als sei sie ziemlich abgebrüht. Aber das musste sie auch sein bei dieser Art von Lokal. Sie behandelte ihn, wie man einen potenziellen Stammkunden behandelt. Sie war neugierig, aber sie zeigte es nicht allzu sehr. Sie wusste durch Ocker, dass er Wissenschaftler war und so etwas wie ein leitender Mann. Und also war ihr Benehmen vollkommen in Ordnung.

»Sie werden etwas trinken wollen«, sagte sie.

»Einen Wodka«, sagte Horstmann. Er dachte: Du kannst mich ruhig anstarren. Du wirst nicht herausfinden, wer ich bin. Ich habe gesehen, dass du ziemlich wild bist auf neue Männer in deinem Bett. Man sagt immer, die Frau sei ein geheimnisvolles Rätsel. In den letzten Jahren kommt mir das nicht mehr so vor. Wenn ihr geil seid, dann zeigt ihr es auch. Meistens jedenfalls. Und du kannst geil sein. Du kannst mir ja zeigen, wie sehr du es sein kannst.

Ocker sagte: »Da vorn ist Renate, ich gehe zu Renate.«

»Geh nur«, sagte Horstmann. Er sah hinter Ocker her, wie der auf eine junge Frau zuging und einen ziemlich lauten Begrüßungswirbel veranstaltete.

»Herr Ocker ist sehr nett«, sagte Karin. Dabei beobachtete sie Horstmann unentwegt. Es war jedoch keine tiefschürfende Neugier. Es war, als versuche sie ihn einzustufen, um ihn dann abzuheften.

»Das stimmt«, sagte Horstmann. Es war nicht leicht, ihren Augen auszuweichen. Und sie machte ihn unsicher. Man muss alles lernen, dachte er heiter. Sie stellte ein Glas vor ihn hin. »Ein Doppelter? Bei uns ist ein Einfacher vier Centiliter.«

»Zehn Centiliter«, sagte Horstmann und sah sie an und lächelte und entdeckte in ihrem Gesicht nichts als Freude oder Vergnügen oder Spaß oder wie immer man das nennen konnte.

»Wollen Sie sich etwa betrinken?« Sie lachte.

»Nein«, sagte er, »ich trinke gewöhnlich, ziemlich gewöhnlich. Ich bin weder ein mäßiger Mann noch ein Säufer.« Er sah auf die Paare, die tanzten, und er war zufrieden, dass es eine Frau wie Karin gab, obwohl er noch sehr weit von ihr entfernt war. Aber es war eine Frage der Taktik.

»Sind Sie traurig?«, fragte Karin.

Horstmann schien es so, als fragte sie das selten. Sie hatte die Frage nicht sehr flüssig gestellt, eher stockend und voller Neugier. Er sagte sich, dass es gut wäre, schnell ein Rezept entwickeln zu können. Er antwortete: »Ich bin weder traurig noch sentimental noch melancholisch. Ich werde Ihnen auch nicht von der Frau erzählen, mit der ich verheiratet bin und die nichts taugt. Und ich werde Sie auch nicht mit Kindern langweilen, mit denen ich nicht fertig werde. Ich bin hier, weil ich zu viel gearbeitet habe und Leute um mich brauche, die nichts tun und nur lachen. Das ist alles.«

»Das klingt gut«, sagte sie. »Aber Sie tragen keinen Ehering.«

In Horstmanns Augen war das eine etwas kindliche Feststellung, aber vermutlich reihte sie ihn in die große Schar jener Männer ein, die ein solches Lokal nur dann besuchten, wenn sie keinen Ehering trugen und auch keinen weißen Streifen dort hatten, wo der Ring normalerweise saß. Er entschloss sich schnell, ihr die Wahrheit zu sagen, weil sie gut in sein Verhalten passte. »Ich bin seit zwanzig Jahren verheiratet, habe zwei fast erwachsene Kinder und trage keinen Ehering, weil ich dauernd mit Giften und Säuren umgehen muss. Ich trage jeden Tag Lederhandschuhe, Asbesthandschuhe und Gummihandschuhe. Es ist wie bei einem Chirurgen oder einem Hochofenarbeiter.«

»Ach so ist das«, sagte sie. Er war wirklich ein Außenseiter. Sie fand keinen rechten Platz für ihn. Wie er so auf die

Musik hörte und auf die Tanzenden sah, wirkte er vollkommen gelöst. So wie einer, der weit gereist ist und sich jetzt in der Sonne ausruht. Er sah im Profil sehr männlich aus, aber nicht ungewöhnlich. Es waren nur seine Augen, die sie denken ließen, dass er klüger war als die Männer, mit denen sie bis jetzt zu tun gehabt hatte. Aber vielleicht war das alles Einbildung. Es war ihr nicht recht, dass sie sich so mit ihm beschäftigte. Trotzdem hatte sie den Eindruck, als würde er bald explodieren.

Horstmann erinnerte sich rechtzeitig daran, dass er zu Hause anrufen wollte, und also fragte er Karin, ob er mal telefonieren könne.

»Da drüben ist eine schalldichte Zelle«, sagte sie.

»Ich brauche mich nicht zu verstecken«, sagte Horstmann. Er versuchte zu lächeln, aber es misslang wieder, weil er sie ansah und ihn dabei wieder ein beklemmendes Gefühl beschlich. Sie war einfach sinnlich.

Sie stellte ein Telefon vor ihn hin, und er wählte die Nummer. Lange Zeit nahm niemand ab, schließlich war Sabine am Telefon und fragte verschlafen: »Ja, bitte?«

»Ich bin es«, sagte Horstmann, »Papa! Hör mal, Kleines: Sage Mama, ich käme erst morgen früh zurück. Ich habe viel zu tun.«

»Aber du bist doch nicht im Werk«, sagte Sabine. »Ich höre doch Musik.«

»Ich bin jetzt in einem Lokal«, sagte Horstmann, »ich esse etwas.«

»Ach so«, sagte Sabine. »Ich richte es aus. Ich schreibe es ihr auf einen Zettel, dann brauche ich sie nicht zu stören. Papa?«

»Ja, was ist?«

»Harald ist weg.«

»Wohin?«

»Weg!«

»Was heißt weg?«, fragte er ungeduldig. »Er wird bei einem Freund sein oder mit einer Freundin schlafen, oder was weiß ich.«

»Nein«, sagte sie ruhig. »Ich habe ihm helfen müssen, seine Sachen zu packen. Und Mama stand daneben und hat nur geheult, weil er auf nichts geantwortet hat. Sie liegt jetzt im Bett und heult immer noch. Es war so: Kaum warst du weg, hat er den Scheck genommen über zweitausendachthundert Mark, mit dem er seine Haschzigaretten bezahlen sollte. Er ist damit in die Kneipe gegangen, in der er immer herumhängt, und hat den Scheck mit einem Verlust von zweihundert Mark eingelöst. Ich musste ihm helfen, die Sachen zu packen. Er sagte nur noch: ›Der Alte hat zu spät angefangen, mit mir zu sprechen. Sag ihm, dass ich ihn bescheißen muss, um endlich loszukommen von diesem sterilen Stall hier. Sag ihm, ich schreibe gelegentlich. Aber erst bleibe ich mal für ein paar Jahre weg.‹ Das soll ich dir sagen von dem Schwein.« Sie weinte ein bisschen.

»Er ist kein Schwein«, sagte Horstmann, »Geh hin und beruhige Mama und sag ihr, ich hätte von Haralds Plänen gewusst. Und sag ihr, ich wüsste auch, wo er steckt.«

»Aber das ist doch nicht wahr.«

»Natürlich ist es nicht wahr. Aber Mama wird dann schlafen können und bekommt keinen Herzanfall.«

»Das ist richtig«, sagte Sabine. »Aber Mama hat sich sowieso schon aufgeregt. Da hat dieser Binder angerufen, dieser Büromensch von euch.«

»Ja, und?« Binder! Er hatte Binder vergessen. »Was wollte er?«

»Ich weiß es nicht«, sagte Sabine. »Mama hat mit ihm gesprochen. Sie ist danach aufgeregt ins Schlafzimmer gegangen und hat immerzu gesagt: ›Das darf doch gar nicht wahr sein.‹ Sie hat mit mir nicht darüber gesprochen.«

»Es wird eine Belanglosigkeit sein«, sagte Horstmann. Aber er fühlte, dass es mehr war als das. »Schlaf weiter. Gute Nacht!« Er legte den Hörer auf, trank den Wodka aus und sagte: »Ich möchte noch so einen.«

»Jetzt sind Sie traurig«, sagte Karin.

»Nein«, sagte Horstmann, »jetzt bin ich nicht traurig.« Und er sagte ihr nichts von Harald und nichts von Binder. Gegen zwei Uhr kam Ocker vorbei und sagte betrunken: »Ich fahre ein bisschen weg.«

»Gut«, sagte Horstmann, »tu das.«

Bis zu diesem Zeitpunkt hatte er sich mit Karin nur über belanglose Dinge unterhalten, aber es war geschehen, dass sie sich plötzlich an den Händen hielten und dass sie beide sagten: »Wir sind verrückt!«

»Ich kann dir nicht in die Augen sehen, ohne verrückt zu werden.«

»Du bist ein seltsamer Mann.«

»Ich komme hier herein. Ich sehe dich und weiß, dass ich dich will.«

»Du kommst herein, willst einen Wodka, und ich starr' dich an. Ich bin verrückt!«

Als Ocker gegangen war, sagte sie: »Ich möchte mit dir allein irgendetwas trinken und reden. In meiner Wohnung. Die ist hier im Haus.«

»Ja«, sagte Horstmann. Er dachte, dass es mit Karin genauso war wie mit den hunderttausend Mark. Er war nicht nur ein guter Chemiker, er hatte auch plötzlich gelernt, Menschen zu fangen. O ja, er war ein großer Menschenfischer. Er sagte: »Aber kannst du denn die Bar hier allein lassen?«

»Warum nicht?«, sagte sie. »Ich stehe hier ohnehin nur, weil ich Langeweile habe.« Sie sprach am Telefon mit jemand, den sie Mäxchen nannte und den sie bat, er möge heraufkommen und ihr die Bar abnehmen.

Horstmann fragte sich, warum sein Sohn eine solche Schweinerei gemacht hatte. Und er stellte die Frage mit einem tiefen Seufzer, der nichts war als ein Schlussstrich. Die Sache mit Binder überlegte er nicht.

Die Frau, die Karin hieß und der dieses so heitere Lokal gehörte, ging voran.

Es war ein sehr schmaler Flur, und er sah trostlos aus. Horstmann dachte ganz mechanisch, dass es in jeder Wohnung und in jedem Haus so einen Winkel gab, in den jeder alles Nutzlose hineinstellte. Es waren die toten Winkel unserer Behausungen. Und er dachte plötzlich, dass dies eine ungewöhnliche und höchst erfreuliche Sache in seinem Leben war. Es war nicht Liebe. Es war einfach verrückt. Sie wollten sich sehen, sich spüren, und sie wollten zusammen schlafen. Das war alles. Es war wirklich alles. Vollkommen unkompliziert.

»Erwarte nicht zu viel von mir«, sagte sie. »Ich bin keine Jüngerin des perfekten Orgasmus oder so.«

»Es reicht, wenn ich dich spüre«, sagte er. »Du musst da sein. Es ist alles so neu. Das ist das Gute: Es ist alles so neu.«

»Warum bist du so traurig?«, fragte Karin und öffnete eine Tür, an der ein Messingschild festgeschraubt war: »Büro«.

»Es ist mein Sohn«, sagte Horstmann. Er wollte jetzt nicht darüber sprechen. Dies hier war seine Sache, und sein Sohn hatte nichts damit zu tun. Sein Sohn war eine ganz andere Geschichte.

»Immer die Kinder!«, sagte Karin und lächelte.

»Möchtest du irgendetwas trinken?«, fragte sie. »Vielleicht ein Bier oder so etwas«, sagte er. »Ich bin nicht sonderlich an Alkohol interessiert. Stimmt es, dass du Philosophie studiert hast?«

»Ja«, sagte sie, »eines Tages werde ich es weitermachen.« Sie ging durch eine Tür hindurch und verschwand.

Horstmann stand nun allein in dem Zimmer. Er war sehr aufgeregt und sehr unsicher. Es war ganz natürlich, dass er nicht genau registrierte, wie diese Frau das Zimmer eingerichtet hatte. Aber immerhin wirkte alles sehr heiter und irgendwie beruhigend. Er bemerkte erst später, dass Grün ihre Lieblingsfarbe sein musste. Ein dunkles, sanftes Grün.

Er hoffte sehr, dass sie nicht so zurückkehren würde, wie alle Frauen es in Filmen oder Romanen taten: also nackt, oder nur im Bademantel und wild versessen darauf, alles zu bekommen, ihn gleichsam zu verzehren. Er hoffte das, weil er Angst vor seiner Ungeschicklichkeit hatte. Sicher würde er dann vollkommen konfus sein und einen Fehler nach dem anderen machen.

Aber Karin kam nicht nackt zurück. Sie trug immer noch das Kleid, nur die Schuhe hatte sie ausgezogen. »Ich musste kaltes Bier holen«, sagte sie. »Bist du immer noch traurig?« »Nicht sehr«, sagte Horstmann. Es machte ihm jetzt nicht mehr viel aus, dass er unerfahren war. Sie würde es verstehen, und sicherlich würde sie nicht lachen. »Und wenn dein Freund dich hier mit mir erwischt?«

»Ich habe nie einen Freund«, sagte sie. »Es ist nicht gut, einen Freund zu haben, wenn man Geld machen will. Ich könnte das Geldmachen nicht von der Liebe trennen.«

»Aber du liebst mich nicht.«

»Natürlich nicht«, sagte sie heiter. »Auf jeden Fall machst du mich irgendwie neugierig. Ich will dich.« »Das kann ein

Strohfeuer sein«, sagte er schnell und empfand wieder Unsicherheit.

»Ist es bei dir mehr?«

»Ja«, sagte er. Was ein Mann zu tun hatte, musste er tun. Es hatte wenig Sinn, sich dagegen zu wehren. Natürlich konnte es ein Strohfeuer sein, aber das Gefühl war sehr tief und fast beängstigend. So glaubte er nicht an ein Strohfeuer.

»Denkst du nicht an deine Frau?«

Er dachte an Maria und sagte langsam: »Ich denke manchmal an sie. Aber es nützt mir wenig. Es macht mich weder moralisch noch verantwortungsvoll. Ich bin zwanzig Jahre mit ihr verheiratet.«

»Und deine Kinder?«

Horstmann überlegte einen Augenblick. Er sagte: »Es ist sehr viel passiert in den letzten Wochen. Zuerst hat mir meine Tochter – die ist siebzehn – gesagt, dass sie manchmal mit Jungen schläft. Dann habe ich meinen Sohn erwischt, wie er Haschisch rauchte. Ich habe ihm einen Scheck gegeben, damit er seine Schulden bezahlt. Er hat das nicht getan. Er hat das Geld genommen, um zu flüchten. Ich bin nicht dagegen, dass ein Mädchen seine Unschuld verliert, und ich bin auch nicht gegen Haschisch, wenn man es als junger Mensch einmal probiert, weil alle es probieren. Aber es hat mich gekränkt, dass ich von diesen Sachen nichts wusste. Ich hab' zu lange in meiner Familie gelebt wie ein Fremder. Und meine Frau ist mir auch fremd. Das ist es.«

»Ich kann das verstehen«, sagte sie ruhig, obwohl sie es nicht begreifen konnte, denn es war nicht ihre Welt. »Ich werde nicht mehr davon sprechen.« Sie legte sich auf eine niedrige breite Couch, und obwohl Horstmann noch sehr unsicher war und Furcht hatte, dass er sich ungeschickt anstellen könnte oder aber Fehler machen würde, kniete er sich neben ihren Kopf und küsste sie. Er sagte: »Ich bin verrückt.«

»Ich wette mit dir, dass ich verrückter bin«, sagte sie. »Du bist wirklich ein merkwürdiger Mann.«

»Magst du mich?«

»Ich liebe dich ein bisschen«, sagte sie.

»Und wenn diese Sache zu Ende ist?«

»Ich mag Leute nicht, die an das Ende denken, bevor ein Anfang war«, sagte sie.

»Aber was wirst du dann tun?«

»Weiterleben«, sagte sie wild. »Was soll man sonst tun?«

Klar, was sollte sie sonst tun? Trotzdem störte ihn das.

Sie hatte alle dummen Sätze nur gesagt, weil sie hungrig war und weil er so anders wirkte als die sehr erfahrenen Männer, die bei ihr verkehrten. Er war tatsächlich eine Ausnahme, aber nicht, weil er verrückt war, sondern ein seltener Typ, der nicht alle Tage in dieses Haus kam.

»Sicher«, sagte er leise, »es ist auch egal. Wirst du mich jetzt lieben?«

»Oh ja«, sagte sie, und als er sie rasch auszog: »Aber ich will es zu meinen Bedingungen.«

»Keiner stellt Bedingungen«, sagte er schnell.

»Jeder«, sagte sie. »Du stellst doch auch welche. Du nimmst, weil du glaubst, ich sei perfekt in solchen Sachen. Du willst aber nicht geben.«

»Ich denke, du bist gut darin«, sagte er. Um der Wahrheit willen muss gesagt sein, dass er jetzt karpfenmäulig und glotzäugig wirkte.

»Ich bin nur gut, wenn ich bekomme«, sagte sie. »Du hast komische Vorstellungen vom Bett. Etwa so müssen die Männer im Zeitalter der Königin Victoria gedacht haben. Sie hatten Geliebte, o ja. Aber sie selbst waren im Bett nicht nackt und nicht gewaschen, Sünde mit gebremstem Schaum.« Sie lachte und ließ sich nackt von der Couch fallen. »Mein Gott, du bist eine komische Type!«

Horstmann war verwirrt. »Was soll ich denn tun?«

Sie sah ihn einen Augenblick fassungslos an. Dann sagte sie: »Ich glaube, du weißt es tatsächlich nicht. Du verstehst nichts von Frauen.«

»Nicht viel«, sagte er. Und dann bekam er eine Lektion.

Später standen sie beide sehr erschöpft unter der Dusche und seiften sich gegenseitig den Rücken ab.

»Ich möchte mit dir tanzen«, sagte er. Und seltsam beunruhigt dachte er: Jetzt erst bin ich erwachsen. Ich möchte wissen, ob das stimmt.

11. Kapitel

Als Horstmann und Karin in das Lokal hineingingen, war es beinahe vier Uhr. Sie tanzten miteinander, aber nur die langsamen Tänze, weil sie sich dabei besser spüren konnten. Als der letzte Gast gegangen war, gingen sie wieder in die Wohnung hinauf, legten sich hin und schliefen tief und traumlos, bis um acht Uhr Ocker schellte und Karin wütend sagte: »Wer ist das denn schon wieder?«

»Ocker«, sagte Horstmann. »Wir sind um acht Uhr verabredet.«

Sie zogen sich an, und Karin brachte ihn hinunter vor das Haus. Ocker stand an Horstmanns Wagen gelehnt und beugte sich erregt vor, als er sah, dass es Karin war, die Horstmann an der Hand hielt. Er sagte heiser: »Guten Morgen!«

»Guten Morgen«, sagte Horstmann belustigt. »Mach es gut, Karin!« sagte er. Er küsste sie und ging zum Wagen.

»Hast du etwa mit Karin geschlafen?«, fragte Ocker.

»Ja«, sagte Horstmann.

»Aber sie ist sonst spröde«, sagte Ocker energisch und laut, als weigere er sich, diese Tatsache anzuerkennen.

»Vielleicht«, sagte Horstmann. »Ich finde sie hervorragend. Und wie war es mit deiner kleinen Freundin?«

»Sehr gut«, sagte Ocker. »Sie war wild wie eine Hummel.« Dann begann er sehr detailliert zu berichten, was sich in dem Bett dieser Freundin abgespielt hatte. Er berichtete obszön, als stünde er unter dem Zwang, alles noch einmal durchleben zu wollen.

Horstmann hörte überhaupt nicht zu. Er pfiff irgendeinen der sentimentalen Schlager dieser Nacht vor sich hin, und Ocker in seinem schweinischen Eifer bemerkte es nicht einmal.

Ich habe keine Lust, nach Hause zu gehen, dachte Horstmann. Er malte sich aus, wie es sein würde. Sein Sohn war verschwunden, seine Frau würde weinen, vielleicht würde sie einen Herzanfall bekommen, wenn sie nicht schon längst einen bekommen hatte. Seine Tochter würde in der für sie typischen Mischung aus Gleichgültigkeit und Melancholie durch das Haus schlurfen. Nein, es war nicht gut, nach Hause zu fahren. Es wäre besser gewesen, einfach bei Karin zu bleiben.

»Ich setze dich zu Hause ab«, sagte er. »Ich fahre in den Betrieb und arbeite etwas.«

»So was Verrücktes«, sagte Ocker. »Was willst du arbeiten?«

»An den Schädlingen aus Kanada«, sagte Horstmann, und er wollte es wirklich. Aber er wollte auch nicht allein durch die Labors gehen. Deshalb hatte er die Schädlinge erwähnt, denn Ocker würde dann bestimmt mitgehen.

Tatsächlich sagte Ocker: »Es ist unfair, etwas in dieser Richtung ohne mich zu unternehmen. Heute ist Sonntag.«

Sie riefen von einer Telefonzelle die Frauen an und sagten, sie schliefen ein paar Stunden im Ruheraum der Fabrik. Sie sagten, sie hätten die Arbeit noch nicht ganz abgeschlossen.

Um neun Uhr lagen sie auf zwei sehr steril und klinisch wirkenden Betten im Ruheraum und starrten gegen die Decke. Ocker schlief sofort ein, und Horstmann dachte noch ein wenig an ganz bestimmte Augenblicke mit Karin, ehe auch er den kleinen Tod der Erschöpfung akzeptierte. Er träumte nicht. Es war ein kurzer Schlaf, aber Horstmann stand danach nicht auf, er öffnete nicht einmal die Augen. Er wollte diesen Raum nicht sehen, den man den Ruheraum nannte und der so ungemein widerlich wirkte wie der Krankenraum eines Gefängnisses. Und plötzlich fiel ihm

Binder ein. Was hatte Binder vor? Wie konnte er ihn vergessen haben? Wusste Binder schon, dass er sich das Geld unter Vorspiegelung falscher Tatsachen geholt hatte? Und wenn er es wusste, was würde er tun? Würde er von Horstmann die Formel erpressen?

Horstmann überdachte das sehr gewissenhaft und kam zu dem Schluss, dass Binder wahrscheinlich versuchen würde, ihn zu erpressen. Eine andere Möglichkeit gab es nicht.

Ocker erwachte und rüttelte an Horstmanns Schulter. »Kumpel, es ist ein Uhr mittags.« Ocker hatte Horstmann in all den Jahren niemals mit Kumpel angesprochen. Jetzt, nachdem sie beide ein höchst amüsantes, außereheliches Abenteuer erlebt hatten, glaubte er, Kumpel sagen zu dürfen.

»Na und?«, fragte Horstmann aggressiv. »Haben wir ein Verbrechen begangen? Wir haben geschlafen.«

»Ja, ja«, sagte Ocker verwirrt, »aber meine Frau wird sauer sein.«

»Sauer!« sagte Horstmann. »Was macht das schon?«

»Nichts«, sagte Ocker, nachdem er eine Weile nachgedacht hatte.

»Na also«, sagte Horstmann. »Rufen wir also noch einmal an und beruhigen sie.«

»Willst du wirklich arbeiten?«

»Warum nicht? Ich habe keine Lust, nach Hause zu gehen und zu sagen: ›Bonjour tristesse!‹, nur weil sie dort alle ein schiefes Maul ziehen. Ich werde etwas arbeiten.«

»Du hast recht«, sagte Ocker. Horstmann hatte in diesen Dingen meistens recht, und er war auch entschieden resoluter. Sie riefen also an und sagten, sie brauchten noch ein paar Stunden, ohne den Frauen auch nur Gelegenheit zu geben, sich zu beklagen.

»Und jetzt möchte ich etwas versuchen«, sagte Horstmann heiter. »Können wir an die Affen?«

»An welche Affen?«

»Rhesus«, sagte Horstmann. »Oder vielleicht besser zuerst Ratten?«

»Also zwei Ratten und ein Affe«, sagte Ocker. »Muss ich sie sezieren?« Zwei Ratten und ein Affe waren die übliche Anfangsrate.

»Es kann sein«, sagte Horstmann. »Du kannst deinen Tisch fertig machen. Ich brauche Herz- und andere Organschnitte, wenn das stimmt, was ich glaube.«

»Was glaubst du?«

»Ich sage nichts«, sagte Horstmann. »Du wirst es sehen, oder du wirst es nicht sehen.«

Ocker verschwand und pfiff fröhlich vor sich hin. Er hatte zum erstenmal mit seiner Frau so telefoniert, wie er es sich immer gewünscht hatte. Er hatte einfach erklärt: »Also hör zu, wir sind noch nicht fertig. Es kann noch zwei oder drei Stunden dauern. Dann komme ich.« Und er hatte aufgehängt. Er konnte sich sehr gut vorstellen, wie seine Frau mit offenem Mund und fassungslos den Telefonhörer angestarrt hatte. Es brachte wirklich etwas ein, wenn man Horstmanns Ratschlägen folgte und die Ehefrau einfach überspielte.

Er kam mit zwei Drahtkäfigen zurück, er fragte: »Was willst du eigentlich unternehmen?«

»Ich weiß es noch nicht genau«, sagte Horstmann. »Eigentlich will ich nur beobachten, wie Tiere auf den Stoff reagieren.«

»Also hast du keine neue, umwerfende Idee?«, fragte Ocker. Ganz vage kam Empörung in ihm hoch.

»Nein«, sagte Horstmann ich habe keine. Muss man immer umwerfende Ideen haben?«

»Dann möchte ich wissen, wieso wir nicht längst zu Hause sind?«, sagte Ocker angriffslustig. Dies war also nichts als eine Laune! Sicherlich, Horstmann hatte ja auch eine Frau, mit der er nichts anfangen konnte, jedenfalls so gut wie nichts. Aber er, Ocker, hatte eine prima Frau, und es war nicht nötig gewesen, sie so lange warten zu lassen.

»Reg' dich nicht auf«, sagte Horstmann, »du bist doch freiwillig mitgegangen.«

»Du hast einfach keine Lust, zu Hause herumzuhocken zwischen deinen Weibern«, sagte Ocker, und er traf Horstmann damit sehr direkt.

»Das ist richtig«, sagte Horstmann müde. »Ich weiß nicht recht, was ich dort soll. Das sagte ich schon.«

»Das ist doch übertrieben!« Ocker wurde scharf. Es war das erste Mal, dass er scharf wurde. »Du vergisst ein bisschen die Proportionen, du großer Chemiker. Bloß, weil du dich einmal auf der feinen Karin ausgetobt hast, darfst du doch deine Familie nicht vergessen. Nun erzähl noch irgendeine Schnulze ...«

»Ocker«, sagte Horstmann, »Ockerliebling, halt deine Klappe. Das sind meine Geschichten, nicht deine. Verstanden?« Es war sehr schwer für Horstmann, an einer wunden Stelle getroffen zu sein. Und ausgerechnet von Ocker, seinem Hofhund.

Ocker sah ihn eine Weile an, erstarrte dann, als habe er plötzlich begriffen, dass er zu weit gegangen war, und sagte: »Entschuldige vielmals. Willst du erst die Ratten?«

»Ja«, sagte Horstmann, »hast du bei dir alles fertig?«

»Sicher.« Ocker war enttäuscht, dass es ausgerechnet ihm gelungen war, eine schwache Stelle bei Horstmann zu entdecken. Es wurmte ihn, dass Horstmann plötzlich wie ein Kerl aussah, der aus schwachen Stellen bestand, aus sehr vielen schwachen Stellen. Und er fragte sich sofort zutiefst verzweifelt, wieso er diesen Mann jahrelang so falsch eingeschätzt hatte. Horstmann war nichts anderes als ein mieser Egoist mit miesen Familienverhältnissen. Nichts Anderes war er. In diesem Augenblick begann Ocker, seine Hochachtung vor Horstmann zu verlieren.

Horstmann und Ocker arbeiteten sehr konzentriert zwei Stunden lang. Horstmann besprühte die Ratten mit wechselnden Zusammensetzungen des von ihm gefundenen Giftstoffes, während Ocker die Herztöne und den Puls der Tiere mit elektronischen Maschinen kontrollierte. Bei geringer Dosiserhöhung einer Teilsubstanz verlangsamte sich der Herzschlag rapide, um nach ganz kurzer Zeit wieder normal einzusetzen. Als dies dreimal geschehen war, wussten beide, dass sie sich jetzt an etwas herantasten konnten, was man in ihrem Beruf »tödliche Schwelle« nannte. Man nannte es auch »Katastrophentod«.

»Ich erhöhe den Anteil dieses Stoffes um fünfzig Prozent«, sagte Horstmann fiebrig. »Mach dich fertig zum Sezieren. Ich denke, du musst zuerst an das Herz heran, aber das ist nur eine Vermutung.«

Horstmann hob die Dose mit dem Bekämpfungsmittel und dem Treibgas und sah hinunter auf die Ratte, die er in ein hochwandiges gläsernes Becken gesetzt hatte. Sie machte einen sehr munteren Eindruck, und ganz offensichtlich hatte sie die vorigen Versuche vergessen, obwohl sie unangenehm gewesen sein mussten.

Er sprühte den Stoff recht konzentriert gegen den Kopf des Tieres und musste einen Augenblick lang erschreckt nach Luft japsen, weil er selbst etwas mitbekommen hatte. »Wir brauchen Masken«, brüllte er zu Ocker hinüber. »Das Zeug scheint in dieser Zusammensetzung gefährlich zu sein.«

»Gut!«, rief Ocker. »Ich besorge sie.«

Horstmann hörte, wie er in einem Schrank herumwühlte. Dabei beobachtete er die Ratte. Sie machte plötzlich, etwa nach zwanzig Sekunden, einen Katzenbuckel, lefzte die Zähne, als sei sie ein bissiger Hund, fiel dann zusammen wie ein Watteknäuel, auf das man Wasser gießt, und lag ganz still.

Horstmann spürte Ocker hinter sich. Er griff mit der Hand nach hinten und setzte sich die Maske auf. Mit der Maske konnte er wesentlich besser atmen. »Exitus«, sagte er. Es klang hohl in der Maske. »Mach schnell!«

Ocker nahm die Ratte und lief hinüber in sein Labor. Horstmann ging hinter ihm her. Er beobachtete, wie Ocker mit einem einzigen Schnitt den Pelz des Tieres vom Hals bis zum Gekröse auftrennte, dann den Pelz nach links und rechts auseinanderklappte und mit den starken Stecknadeln auf das Holz heftete.

Ocker hatte jetzt ein Tonband laufen und sprach ganz flüssig: »Keine Veränderungen bei Augenschein ...« Er diktierte etwa eine Minute lang, ehe er damit begann, einzelne Organe zu entnehmen. Nach zwei Stunden, nachdem auch die zweite Ratte sehr schnell krepiert war, wussten sie es: Das Gift war nicht nachzuweisen. Das machte auf beide keinen sehr großen Eindruck. Es gab sehr viele Stoffe, die Tiere krepieren ließen, um sich dann in Luft aufzulösen. Sie zogen daraus lediglich eine Konsequenz, die Horstmann so formulierte: »Wenn wir das Zeug konzentriert nach Kanada liefern und jemand setzt nicht genügend Verdünnungsflüssigkeit zu, dann geht alles ein, was im Wald ist.«

»Wollen wir den Affen versuchen?«, fragte Ocker.

»Sicher.«

»Wirst du weiter konzentrieren?« Ocker hatte schon immer etwas dagegen gehabt, einen Affen sterben zu sehen und ihn dann zu sezieren. Er fand Affen niedlich, und Ratten fand er widerlich.

»Ich glaube, zehn Prozent höher«, sagte Horstmann.

Sie sahen beide zu, wie der Affe ganz offensichtlich einem Herzschlag erlag. Alles war sehr typisch. Er riss den Mund auf, er riss die Augen auf. Der Schreck in den Augen war unfassbar. Beide Arme kamen hoch an den Mund, als wolle er sich Luft und Kraft und Leben in den Schlund pressen. Dann wurde er weich wie ein Klumpen Gallert und fiel auf das Gesicht.

Ocker arbeitete jetzt noch schneller als bei den Ratten. Er arbeitete ohne Ergebnis, der Giftstoff war nicht nachweisbar.

Es war jetzt sechs Uhr nachmittags, sie waren erschöpft.

»Ich gehe nach Hause«, sagte Ocker. »Vielleicht trinke ich vorher irgendwo ein Bier.«

Sie trugen gewissenhaft in das Tagebuch des Laboratoriums ein, womit sie sich beschäftigt hatten. Aber das Ergebnis trugen sie nicht ein. Das wurde niemals eingetragen. Es lag einfach an der Branche: Man hatte einen höllischen Respekt vor Diebstahl und Preisgabe von Betriebsgeheimnissen. Und für die Nervösen und Ängstlichen unter ihnen war schon ein Putzlappen in der Kantine ein gefährliches Objekt.

»Selbst wenn du gar nichts finden willst, findest du einen Knüller«, sagte Ocker missmutig. Er war nicht mehr voller Hochachtung, er war nur noch neidisch.

»Was ist ein Knüller daran?«, fragte Horstmann.

Ocker grinste und sagte: »Du tust manchmal so, als könntest du nicht bis drei zählen. Gut, ich gebe zu, du hast mit diesem Stoff ein Schädlingsbekämpfungsmittel entdeckt. Aber

heute Nachmittag hast du daraus etwas anderes gemacht.«
Er lachte leise und tat sehr überlegen.

»Was denn?«

»Frag' nicht so unschuldig«, sagte Ocker belustigt. »Du weißt doch ganz genau, dass du mit diesem Zeug einen Menschen umbringen kannst, ohne dass man dir etwas nachweisen kann. Wie wäre es mit dem Chef?«

Das war typisch Ocker, und Horstmann ärgerte sich immer wieder darüber. Obwohl Ocker ein hervorragender Spezialist war, sprach er zuweilen so unwissenschaftlich, dass man geneigt war, einem Gerücht Glauben zu schenken, nach dem Ocker sich ausschließlich von Romanheften billigster Sorte ernährte. Alle im Forschungsteam, und auch alle in den Teams der Konkurrenz, arbeiteten tagaus, tagein mit sehr scharfen und unbedingt tödlichen Giften. Aber niemand kam auf die Idee zu sagen: »Damit kann man einen Menschen töten.« So etwas widersprach jeder wissenschaftlichen Disziplin, war unsachlich, kindisch sogar. Als Student mochte man so etwas denken, als Erwachsener nicht mehr.

Für Horstmann war Ocker ein Student, und er würde es wohl immer bleiben. Trotzdem konnte er diese Bemerkung nicht durchgehen lassen. Er sagte: »Du wirst es nie begreifen, Ockerliebling, du bist ein Kind. Warum sollte ich einen Menschen töten?«

»Was weiß ich?«, fragte Ocker vollkommen harmlos. »Auf jeden Fall musst du mit dem Zeug vorsichtig sein.«

»Klar«, sagte Horstmann. Er hatte sich ein sehr einfaches Programm zurechtgelegt. Er würde Karin haben, eine wunderbare Frau, eine richtige, hemmungslose, lachende, gierige Geliebte. Die hunderttausend Mark konnte die Familie bekommen. So schien es ihm gerecht. »Tue mir einen Gefallen«, sagte er zu Ocker, »bestell' dir eine Taxe. Ich habe noch etwas zu tun.«

»Karin?«, fragte Ocker.

»Nein«, sagte Horstmann. Warum sollte Ocker das wissen? Was ging es ihn an? »Ich habe noch etwas zu besorgen.«

»Schön«, sagte Ocker. »Aber vergiss nicht, das Zeug da, das giftige, wegzutun. Schließ' es doch ein!«

»Ja, ja«, sagte Horstmann ungeduldig. Er wartete, bis Ocker gegangen war, dann ging er ans Telefon.

Zunächst war Karins Nummer dauernd besetzt, aber dann meldete sie sich mürrisch.

»Ich bin es«, sagte Horstmann. »Kann ich kommen?«

»Ach du«, sagte Karin. »Nein.«

»Aber wieso nicht? Dein Lokal ist ein öffentliches Lokal.« Er dachte, sie mache einen Scherz.

»Ich bin heute Abend nicht da«, sagte sie.

Das ging nicht, das ging entschieden zu weit. »Hör mal«, sagte Horstmann erregt, »das kannst du mir nicht antun.«

»Aber ich bin verabredet!«

»Ist es ein Mann?«, fragte er. Es klang kindlich.

»Es ist ein Ehepaar«, antwortete sie kühl.

Horstmann protestierte wieder. »Du kannst doch nicht einfach ...«

»Über mich selbst verfügen?«, fragte sie ironisch. »Das kann ich nicht nur, das tue ich immer. Du hast nichts begriffen, gar nichts. Rufe in den nächsten Tagen mal an.« Jetzt versuchte sie, ihre Ironie zu überspielen. »Ja«, sagte Horstmann. Er hatte nicht mehr Kraft in seiner Stimme als ein kleiner Junge mit entzündeten Mandeln. So war es also. Er konnte sie haben, aber nur, wenn sie zufällig Zeit hatte. Und auch nur in der Art, wie sie es wollte. Sei nicht ungerecht, dachte er, sei jetzt nicht ungerecht. Sie ist ganz große Klasse. Du kannst nicht erwarten, dass sie wegen einer Nacht alle ihre Freunde und Bekannten zum Teufel schickt.

Aber er wurde mit Karins Ironie und ihrer Weigerung nicht fertig. Er war tief gekränkt.

Es war jetzt neunzehn Uhr, Sonntagabend neunzehn Uhr. Horstmann bewegte sich träge in seinem Labor und fragte sich, was für einen Sinn es habe, nach Hause zu fahren. Möglicherweise war nicht nur Harald verschwunden, möglicherweise gab es neue Probleme.

Ein Mann sagte hinter ihm: »Ich habe darauf gewartet, Sie einmal allein zu erwischen.«

Horstmann war einen Augenblick erschrocken, weil er den Mann nicht gehört hatte. Es war Binder.

»Ach Sie«, sagte Horstmann, »haben Sie etwa auch am Sonntag zu arbeiten?«

»Manchmal«, sagte Binder. Vielleicht war er fünfundvierzig oder fünfzig Jahre alt. Das spielte keine Rolle. Eine Rolle spielte nur, dass man freundlich war zu ihm, um im Notfall einen Vorschuss zu bekommen. Und Horstmann musste aus einem viel schwerwiegenderen Grund freundlich sein.

»Was tun Sie hier bei uns Seifensiedern?«, fragte er. Es war doch besser, nach Hause zu fahren, er fühlte sich müde. Ganz gleich, was Binder wollte, Horstmann war müde.

»Ich habe Ihren Wagen gesehen und das Licht hier.«

Irgend etwas an Binder stimmte nicht, aber war es wert, sich darüber den Kopf zu zerbrechen? »Ich wollte gerade nach Hause fahren«, sagte Horstmann abweisend.

»Rauchen wir noch eine Zigarette«, sagte Binder. »Haben Sie die Hunderttausend schon bekommen?«

»Ich weiß es nicht. Wahrscheinlich. Ich habe meine Bank nicht gefragt.«

»Ich habe das Geld rausgeschickt. Ihre Bank müsste am Montag die Anweisung haben.«

»Schon gut«, sagte Horstmann. »Ich muss jetzt gehen.«

»Nein«, sagte Binder und lächelte.

Horstmann wollte unhöflich werden, aber er wusste genau, wer Binder war: ein mieser, kleiner Vertreter, der selten die Chance bekam, ohne den Chef über ein paar tausend Mark zu verfügen. Das hatte ihn despotisch gemacht und ihm außerdem die Notwendigkeit suggeriert, man müsse allen Mitarbeitern von Zeit zu Zeit mal auf die Pfoten sehen. Wahrscheinlich gab es in jeder Fabrik so eine miese Type, aber Binder war weiß Gott die Krone dieser Menschen. Und Binder war offenbar Werkspion, so kurios das klang.

Horstmann sagte also: »Ich verstehe das nicht. Wollen Sie mit mir ein Bier trinken?«

»Man kann das auch bei einem Bier besprechen«, sagte Binder.

»Also gut. Ocker hat meistens was da.« Horstmann ging hinüber in Ockers Labor, in dem es ständig nach Leichen roch, weil Ocker vergaß, nach den Tiersektionen die Fenster zu öffnen. »Hier sind zwei Flaschen.«

»Sehr schön«, sagte Binder. »Was werden Sie mit den Hunderttausend anfangen?«

»Mein Haus bezahlen. Was sonst?«

»Ihr Haus ist bezahlt.«

Horstmann spürte so etwas wie Furcht, aber es blieb ihm genügend Kühle, um zu antworten. »Was geht Sie das an?«

»Eigentlich nichts«, sagte Binder. »Aber ich hab' ein gewisses Interesse an Ihnen. Das wissen Sie doch.«

Horstmann entgegnete rasch: »Ich habe Ihre Bemerkungen für einen Scherz gehalten. Was wollen Sie eigentlich?«

»Das Mittel gegen die Kiefernfresser«, sagte Binder.

Horstmann konnte seine Furcht noch niederhalten. »Ich habe das Mittel noch gar nicht.«

»Sie haben es«, sagte Binder. »Ich weiß es!«

War der Mann verrückt, war er ein Paranoiker, konnte er einen akuten Schub von Schizophrenie haben? Horstmann verstand Binder nicht. Es war zwar klar, dass Binder tatsächlich jemand war, dem man den etwas dubiosen Titel Verräter geben konnte. Aber warum war er einer? Weshalb tat dieser unscheinbare Mann das? Und warum machte er sich ausgerechnet an einem Sonntag an Horstmann heran? Und ausgerechnet in der Fabrik. Das war idiotisch, das war mehr als idiotisch, das war einfach dumm.

»Sie sind ein Idiot«, sagte Horstmann.

»Warum?«

»Weil Sie es heute versuchen und ausgerechnet hier!«

Binder lächelte. »Was ist daran idiotisch? Ich bin der Finanzchef, ich arbeite oft an den Feiertagen. Und Sie sind der Forschungschef und arbeiten ebenfalls oft an den Feiertagen. Wo liegt die Idiotie?«

Horstmann versuchte es reichlich schwach mit einem Angriff: »Sind Sie schon einmal bei einem Psychiater gewesen?«

»Nein«, sagte Binder. »Warum?« Er sah Horstmann erstaunt an, dann begriff er und lächelte, ohne amüsiert zu sein. »Ach so, ich verstehe. Sie glauben, ich wäre nicht ganz richtig. Ich kann Ihnen versichern, dass ich genau weiß, was ich tue. Ich will das Mittel. Sie haben das Mittel. Wenn ich dem Chef erzähle, dass Sie die Hunderttausend unter einem falschen Vorwand bekommen haben, dass Ihr Haus bereits vollkommen schuldenfrei ist, wird er einen Riesenspektakel machen. Man kann doch in einem solch seriösen Unternehmen nicht einfach den Inhaber belügen. Und deshalb werden Sie mir das Mittel geben.«

Horstmanns Gedanken waren erstaunlich rasch und klar. »Das werde ich nicht. Ich werde morgen früh zum Chef gehen und ihm sagen, ich brauche das Geld nicht. Oder ich kann ihm sagen, dass ich das Geld in Wirklichkeit für etwas anderes brauche. Ich kann ihm sagen, ich hätte das Haus nur vorgeschoben, um einen für jeden begreifbaren Grund zu haben.«

Binder war nicht angeschlagen. »Sie können das tun«, sagte er, »aber das Verhältnis zum Chef bleibt trotz allem getrübt. Der Mann lässt sich nicht gern übers Ohr hauen. Und außerdem könnte ich ihm sagen, dass Sie durchaus nicht so ein harmloser Trottel sind, wie Sie ihn spielen.«

Horstmann lächelte. »Was ist, wenn ich ihm sage, dass Sie mich erpressen?«

»Nichts«, sagte Binder amüsiert, »dann ist gar nichts. Ich habe diese Firma bei der Steuer um zahllose Klippen geschifft, ich habe Finanzen locker gemacht, die nicht einmal der Chef bekommen hätte. Wenn Sie ihm sagen, ich würde Sie erpressen, wird er schallend lachen. Ich bin wie Sie, Herr Doktor Horstmann, ein vollkommen unantastbarer Mensch. Ich bin nicht einmal Chemiker.«

Horstmann fand die Sache plötzlich abenteuerlich. Der Mann vor ihm hatte keine Pistole in der Hand, er wirkte nicht brutal. Es war nichts als eine Unterhaltung mit Nervenkitzel. »Wer ist denn Ihr Auftraggeber?«, fragte er.

Binder lachte. »Das spielt doch keine Rolle. Geben Sie mir das Mittel!«

»Ich brauche Bedenkzeit bis morgen«, murmelte Horstmann.

12. Kapitel

Binder lächelte. »Ich werde Sie gegen Mittag anrufen. Aber seien Sie nicht so dumm und erzählen Sie irgendeinem Menschen davon. Das würde Ihnen sowieso keiner glauben. Dagegen ist es nachweisbar, dass Sie einhunderttausend Mark unter Vortäuschung falscher Tatsachen bereits bekommen haben.«

»Moment«, sagte Horstmann, »das kann ich korrigieren. Das habe ich bereits erwähnt.«

»Richtig«, sagte Binder wie ein Schachspieler, »aber eine Korrektur ist immer schlechter als ein glatter Zug, den man nicht beanstanden kann. Außerdem haben Sie zwei Dinge vergessen.«

»Und die wären?«, fragte Horstmann. Es war wie in einem schlechten Roman, in dem der Mörder dem Jäger erklärt, was er falsch gemacht hat. Es war wie bei Wallace oder so.

»Zunächst eins«, murmelte Binder. »Als ich mit Ihnen das erste Mal sprach, hatte ich einen kleinen Recorder in der Tasche. So einen batteriegetriebenen. Sie haben meinen unüberhörbaren Vorschlag wie einen Scherz akzeptiert, obwohl Ihnen die Sache merkwürdig vorkommen musste. Sie haben niemanden davon in Kenntnis gesetzt.«

»Es war ein Scherz«, sagte Horstmann. Die Furcht war jetzt stärker geworden.

»Es war kein Scherz, und es ist kein Scherz. Aber dann tat ich das einzig Richtige. Ich rief Ihre Frau an.«

Horstmann setzte sich langsam auf den mit Resopal überzogenen Tisch an dem Fenster zur Straße. »Meine Frau? Was haben Sie ihr gesagt?«

»Eigentlich nichts«, sagte Binder. »Jedenfalls nichts, was diese Dinge direkt betrifft. Ich habe ihr nur gesagt, sie solle auf Sie einwirken, dass Sie keine Fehler machen.«

Horstmann war irritiert.

»Überlegen Sie es sich also.« Binder drehte sich um und ging schnell hinaus.

»Na schön«, sagte Horstmann gleichgültig, und er wartete, bis er von Binder nichts mehr hörte. Als er auf dem Parkplatz neben seinem Wagen stand, hatte er einen Augenblick lang eine so tiefe, einschnürende Furcht, dass er glaubte, ohnmächtig zu werden. Aber er wurde nicht ohnmächtig. Er trank in einer Kneipe zwei Gläschen Schnaps und fuhr nach Hause.

Maria saß mit Sabine im Wohnzimmer. Sie fragte: »Du weißt, wo Harald ist? Warum ist er einfach weggegangen, ohne ein Wort zu sagen?« Man sah ihr an, dass sie viel geweint hatte.

Horstmann sagte: »Sabinchen, besorg mir bitte ein Bier und einen Weinbrand.«

»Wenn ihr euch allein unterhalten wollt, braucht ihr es nur zu sagen!«

Horstmann lachte. »Ich habe gedacht, das Misstrauen sei vorbei«, sagte er. »Du holst mir bitte ein Bier und einen Weinbrand und kommst wieder her. Wir haben keine Heimlichkeiten, deine Mutter und ich.« Einen Augenblick lang dachte er verbittert, dass er tatsächlich mit der Frau, die zwanzig Jahre seine Frau war, keine Heimlichkeiten hatte.

»Wo ist der Junge?«, fragte Maria seltsam ruhig.

Sabine kam mit einem Tablett zurück.

»Nimm dir auch ein Glas, wenn du willst«, lud Horstmann sie ein.

Sabine schüttelte den Kopf. »Asbach trinke ich nicht. Ich bin etwas Besseres gewohnt.«

»Na denn nicht.« Horstmann wandte sich wieder seiner Frau zu. »Wovon sprachen wir doch gleich?«

»Du wolltest mir von Harald erzählen«, sagte Maria.

»Ach ja. Ja, also der Junge steckt in einer Krise. Er raucht Haschisch. Ich habe ihm einen Scheck gegeben, um seine Schulden zu bezahlen. Er ist aber mit dem Geld geflohen. Das ist alles.«

»Vor wem geflohen?«

»Vor uns«, sagte Horstmann, und es bereitete ihm keinerlei Mühe mehr, nichts als die Wahrheit zu sagen. Er sah nicht ein, dass er alles allein ausbaden sollte. »Er ist aus seinem Elternhaus weggelaufen, weil ich mich zum Beispiel viel zu wenig darum gekümmert habe, was er dachte und wie er lebte. Und weil du dich von ihm so hast einschüchtern lassen, dass er keinen Respekt mehr vor dir hatte, nur eine kleine Verachtung. Wir müssen warten, bis er wiederkommt.«

»Aber Sabine hat doch gesagt, du wüsstest, wo er ist.«

»Das hat er nur gesagt, um dich zu beruhigen«, sagte Sabine. »Papa weiß nicht, wo er ist. Aber Harald wollte immer nach München. Wenn heute einer abhaut, geht er nach München. Das ist so Usus.«

»Dann fahre ich mit der Bahn nach München und hole ihn«, sagte Maria kläglich.

Horstmann wurde wütend. »Du hast es nicht begriffen. Der Junge ist enttäuscht von uns und hat die Chance genutzt, die ich ihm mit dem Scheck gab. Bei unserem scheißbundesdeutschen Licht betrachtet, ist das ein strafrechtlicher Tatbestand. O ja, wir Deutschen sind ja so herrlich gründlich! Wenn man als Vater versagt und als Mutter versagt, und wenn das Kind sich angeekelt abwendet, Geld klaut und davonläuft, dann nennen wir das einen strafrechtlichen Tatbestand. Wir wagen nicht, uns einzugestehen, dass wir es sind, denen man bis zur Bewusstlosigkeit den nackten Hintern versohlen sollte.« Er stand auf und begann hin- und herzulaufen, und er dachte, dass es gut und heilsam sein könnte, endlich alles zu sagen, was er in so kurzer Zeit hatte aufnehmen und verdauen müssen. Er sagte es, und er starrte dabei durch das Fenster in den Garten. »Wenn du schon auf die Idee kommst«, sagte er abschließend, »einfach in eine Eisenbahn zu steigen, um den Jungen zurückzuholen und dorthin zu verfrachten, wo er unsicher und unglücklich war, dann musste ich dir das alles sagen. Denn dann hast du nicht verstanden, was eigentlich geschehen ist. Nicht die Kinder haben versagt, sondern wir.«

»Wie lange weißt du das schon alles?«, fragte Maria mühsam.

»Nicht sehr lange, ein paar Tage vielleicht. Nicht länger.«

Nun geschah etwas für ihn Seltsames. Er hatte geglaubt, Maria würde weinend zusammenbrechen. Aber nichts geschah. Statt dessen stand sie auf, goss Weinbrand in sein Bier bis zum Rand des Glases und trank das Gemisch in schnellen, energischen Zügen aus. Dann erst sagte sie: »Es ist ziemlich, bitter, so spät erwachsen zu werden.«

»Ja«, sagte Horstmann, ohne recht zu begreifen, was sie meinte.

»Für manche Dinge ist es zu spät«, sagte sie, »für manche nicht.«

»Ja«, sagte Horstmann wieder, und er bemerkte im Benehmen seiner Frau beunruhigende Eigenschaften, die sie zwanzig Jahre lang nicht gehabt hatte.

»Was ist mit dir?«

»Ich muss mit dir sprechen«, sagte sie. »Am besten in deinem Labor.« Das klang bestimmt.

»Wie du willst.« Horstmann überlegte. Vermutlich wollte sie ihm den Scheck über zwanzigtausend Mark zurückgeben.

Aber das war es sicher nicht allein. »Es ist auch wegen Binder, ja?«

»Ja«, sagte sie ruhig. »Hast du etwas anderes erwartet?«

»Nein. Aber ich verstehe nicht, was dir das Recht gibt, mich vor die Schranken deines Gerichtes zu stellen.« Jetzt brüllte er, weil er immer unsicherer wurde. »Was fällt dir eigentlich ein? Bist du verrückt geworden? Plötzlich erfährst du irgendetwas aus dem Betrieb und spielst Sphinx. Binder! Dieses Arschloch!«

»Sei doch nicht so vulgär«, sagte sie heiter.

Tatsächlich, sie war heiter. Horstmann fragte sich, warum sie heiter sein konnte. Und dann hasste er Maria, weil er plötzlich ihre Heiterkeit begriff. Sie hatte mit Binder gesprochen. Sie wusste, dass er, Horstmann, viel Geld hatte. Sie wusste auch, wofür er es bekommen hatte. Und sie wusste wahrscheinlich auch, welche Gründe er dem Chef angegeben hatte. Sie wusste alles. Seine Frau Maria wusste alles. Er hasste sie.

Maria setzte sich an seinen Arbeitstisch vor das große Mikroskop. »Ich habe zuerst Reichel von der Bank angerufen«, sagte sie müde, als sei ihr das Durcheinander in dieser Familie, ihr Versagen und das Verhalten der Kinder zu viel. »Reichel war immer für uns da. Vom ersten Kleinkredit bis zur Finanzierung des Hauses. Ich habe erfahren, ohne dass er sich dessen bewusst war, dass du von der Firma hunderttausend Mark bekommen hast.«

»Ja und?«, fragte Horstmann aggressiv.

»Wofür?«

»Für das Schädlingsmittel gegen den Kiefernfresser.«

»Das kann nicht sein«, sagte sie. »Du hast Reichel gesagt, du bekämst das Geld, um nebenbei Forschungen für deine Firma zu betreiben. Reichel war stolz auf uns, weil wir uns so gut hochgearbeitet haben.« Sie spielte mit einem dünnen Reagenzglas. »Weshalb besitzt du plötzlich so viel Geld?«

»Es ist das Geld für das Schädlingsmittel«, beharrte er. »Seit wann misstraust du mir so? Seit wann geht dich das etwas an?«

Sie lächelte. »Seit wir vor zwanzig Jahren noch mit zweihundert Mark im Monat auskommen mussten. Ich kannte unser Konto immer besser als du.«

»Ich wollte keine Nummer mehr sein.« Er hielt den Kopf gesenkt. »Ich wollte nicht alles, was mein Gehirn erfindet, für einen gütigen Blick dem Chef geben. Da habe ich ihm. gesagt, ich brauche das Geld, um unser Haus abzubezahlen.«

»Aber es ist doch bezahlt.«

»Ich habe es aber behauptet«, murmelte er. Dann war plötzlich Kälte in Ihm. »Jemand aus dem Betrieb hat es herausbekommen. Ich werde erpresst. Ich soll das Mittel gegen die Schädlinge herausgeben.«

»Das ist nicht wahr«, sagte sie, und wieder war sie ganz heiter. »Dieser Binder, euer Finanzchef, hat angerufen. Gestern Abend war das. Er hat mir gesagt, ich soll dich warnen und dir ausrichten, dass du nicht glücklich wirst mit dem Geld, das du vom Chef erschwindelt hast. Dieser Binder ist ein netter Mann, jedenfalls am Telefon. Er hat gesagt, wir sollten doch nicht unsere Existenz vernichten und die Familie zerstören. Er könne dir helfen, wenn du ihm einen Gefallen tätest. Du wüsstest schon was. Er würde dann dafür sorgen, dass alles in Ordnung geht.«

»Wie bitte?«, fragte Horstmann fassungslos.

»Er will dafür sorgen, dass wir heil aus der Geschichte herauskommen.«

Horstmann tat etwas Seltsames. Er ließ sich mit dem Rücken an der rauen Wand heruntergleiten, bis er saß. Er sagte: »Du kannst doch wirklich nicht so dämlich sein!«

»Wie meinst du das?« Sie war wieder die Alte, sie hatte nicht mehr sehr viel Zuversicht.

»Was hast du diesem Schwein denn gesagt?«, fragte Horstmann.

»Ich habe Herrn Binder gesagt, ich würde dir das ausreden. Das mit den hunderttausend Mark. Ich habe ihm auch versprochen, dass du dich erkenntlich zeigst. Du sollst irgendetwas für ihn tun. Das habe ich ja schon gesagt. Irgend etwas im Betrieb.«

»Nein«, sagte Horstmann. »Sag mir sofort, dass das nicht wahr ist.«

»Aber warum soll es nicht wahr sein?«

»Hol uns was zu trinken«, sagte Horstmann. »Wir müssen darüber sprechen.« Er sah ihr nicht nach, wie sie müde die Treppen hinaufging. Mein Gott, warum hatte sie sich so gewalttätig in seine Angelegenheiten gedrängt? Warum war sie so naiv anzunehmen, dass Binder ein mildtätiger Mensch war? Maria kam mit einer Flasche und zwei Gläsern zurück.

»Was habe ich denn falsch gemacht?«

»Alles, aber auch alles«, sagte Horstmann. Er beobachtete sie, wie sie die Gläser füllte. »Das mit den hunderttausend Mark stimmt. Aber das war kein Verbrechen, das war nur ein Schachzug von mir, der niemandem wehtut. Das Verbrechen kam erst später. Du weißt also, dass Binder unser Finanzchef ist?«

»Ja«, sagte sie. Sie zitterte, weil sie nicht wusste, worauf er hinauswollte. Es sah so aus, als habe sie ihren Mann nicht in der Hand. Es sah eher nach dem Gegenteil aus.

»Was glaubst du denn, was so ein Finanzchef für einen Gefallen getan haben will?«

»Was weiß ich?«

»Er will die Formel für das Schädlingsmittel«, brüllte Horstmann, »er ist ein Werksspion.«

»Also er erpresst dich?«

»Natürlich«, sagte Horstmann matt. »Was glaubst du denn? Soll ich vielleicht die Blattläuse in seinem Garten vernichten? Du lieber Himmel, was hast du dir bloß vorgestellt? Es ist doch so einfach: Der Chef zahlt mir für eine enorme Sache hunderttausend Mark. Der Ausführende ist Binder. Binder schreibt Zahlungsanweisungen. Binder denkt ganz logisch: Horstmann hat das Mittel. Dann findet er heraus, dass unser Haus schon bezahlt ist. Um nun ganz sicher zu gehen, dass ich genau das tue, was er will, ruft er dich an, faselt etwas von Existenzvernichtung. Und du? Du fällst drauf rein. Binder ist ein großer Mann, o ja, Binder ist ein Prachtarschloch, Binder ist Finanzchef. Was hast du dir bloß gedacht?«

»Ich weiß nicht«, sagte sie leise. Sie hockte jetzt auch auf dem Kellerboden. »Binder hat gesagt, wir machen alle mal Fehler. Er hat gesagt, du hättest wahrscheinlich so etwas wie den zweiten Frühling und wolltest nun mit irgendeiner Geschichte groß herauskommen. Schließlich wärst du über vierzig. Da könnte schon mal was passieren.«

»Und du hast immer fein brav ja gesagt, nicht wahr?« Horstmann begann zu lachen. »Binder hat mir zweihunderttausend Mark für die Formel versprochen. Mein Gott, hast du mir die Tour vermasselt.«

»Du riechst nach einer Frau«, sagte sie plötzlich.

»Wie bitte?«, fragte Horstmann irritiert.

»Es ist auch egal«, murmelte sie. »Wir müssen jetzt überlegen.«

»Wir?« Horstmann grinste. »Ich lass mich lieber von einer Puffotter beißen. Mein Gott, wie konntest du so dämlich sein?«

Im Schlafzimmer sagte Maria: »Willst du nicht zum Chef gehen?«

»Nein«, sagte Horstmann, »es würde mir alles kaputtmachen. Ich werde versuchen, Binder hinzuhalten.« Er sagte das alles, als sei es nicht besonders kompliziert, obwohl er es immer noch nicht ganz begriffen hatte. Allerdings war eines notwendig: Er musste irgendetwas unternehmen, um Binder unschädlich zu machen.

»Man kann einen Erpresser nicht hinhalten«, sagte Maria. »Nimm doch das Geld und bring es zurück!«

»Vielleicht«, sagte Horstmann und wusste gleichzeitig, dass er das nicht tun würde. Er war zum erstenmal frei, vollkommen frei. Er hatte genügend Geld, um irgendwohin zu gehen. Außerdem hatte Binder das Tonband, und davon wusste Maria nichts.

»Und wer ist die Frau?«

»Es war harmlos«, sagte Horstmann. »Es war eine der Sekretärinnen. Sie hat Ocker und mir geholfen. Dann sind wir in ein Lokal gegangen, um etwas zu essen. Sie hat neben mir gesessen. Daher auch der Geruch des Parfüms.«

»Deine Haut hat nach Parfüm gerochen«, sagte Maria. »Ich habe eigentlich auf den Tag gewartet, an dem so etwas geschehen würde.«

»Das ist Unsinn.«

»Das ist kein Unsinn«, sagte sie. »Ich glaube, es interessiert mich nicht einmal sonderlich, wer diese Frau wirklich ist. Wichtig ist nur, dass es passiert ist. Du solltest dich ein bisschen vorsehen. Was du in den letzten Wochen unternommen hast, passt nicht zu dir. Das kann sehr gefährlich werden.«

Horstmann protestierte wütend. »Was gibt dir das Recht dazu, so mit mir zu reden?«

Sie stand nackt vor dem weinroten Vorhang und legte umständlich ein Nachthemd auseinander. »Ich hatte schon aufgegeben«, sagte sie. »Aber jetzt steckst du sehr tief in scheußlichen Sachen. Ich werde dir helfen.«

»Das wirst du nicht.«

»Das werde ich«, sagte sie bestimmt. »Ich will dich nicht verlieren.«

»Es ist sinnlos, mit dir zu diskutieren«, sagte er. Er steckte sich eine Zigarette an und versuchte, in einem Krimi zu lesen. Doch er konnte sich nicht konzentrieren. Er dachte an Binder und daran, wie er ihn mundtot machen konnte. Vielleicht konnte er ihm eine falsche Formel liefern? Vielleicht konnte er die Formel auch stückweise im Abstand von einigen Tagen liefern? Es war alles sehr verworren.

Selbst an die Dame Karin dachte er nur mit Vorbehalt. Sie war gern im Bett mit ihm, aber mit wem war sie das nicht? Es gab andere Frauen. Horstmann hatte jetzt die Art Freiheit gespürt, die er gewollt hatte. Jetzt umzukehren und in den Schoß dieser tristen Familie zurückzukehren, würde barer Unsinn sein.

Aber was war mit Maria? Wieso war sie plötzlich so energisch? Was verführte sie zu all diesen unsinnigen Bemerkungen? Er hörte sie ruhig neben sich atmen. Sie schlief tief und fest. Es war merkwürdig, sie schlief so tief und fest, wie ein Mensch schläft, der zum erstenmal in seinem Leben etwas erreicht hat, wovon er lange träumte.

Horstmann seufzte, hielt das Buch weiter vor die Augen und dachte an Binder. Es war schließlich entscheidend, dass er keinen Fehler machte. Aber wie konnte er keinen Fehler machen, wenn es um einen Mann ging, den er so gut wie gar nicht kannte?

Es war vier Uhr morgens, als Horstmann aufstand. Er dachte an die Spraydose mit dem tödlichen Gift in seiner

Aktentasche und an die Gasmaske. Aus irgendeinem Grund hatte er das Zeug eingesteckt, als er den Betrieb verließ. Wahrscheinlich hatte er insgeheim Maria damit imponieren wollen.

»Was ist?«, fragte Maria.

»Nichts«, sagte er. »Ich geh' ein bisschen spazieren.« Er ging ins Badezimmer hinüber und begann, sich zu rasieren. Das, was Binder wusste, war im Grunde wenig. Gewiss, Horstmann hatte sich hunderttausend Mark unter Vorspiegelung falscher Tatsachen ergattert, aber reichte das aus, um ihn zu erpressen? Er kniff die Lippen zusammen und reckte den Kopf nach hinten. Er hatte Zeit seines Lebens Schwierigkeiten gehabt, sein Kinn sauber zu rasieren.

Binder, auch das stand fest, konnte durch einige giftige Äußerungen beim Chef erreichen, dass der ihn plötzlich mit anderen Augen sah. Binder konnte auch das Tonband abspielen. Er, Horstmann, würde nicht mehr der gutmütige, hart arbeitende Chemiker sein, der nichts als Formeln im Kopf hatte. Er würde plötzlich als Lügner dastehen. Es würde reichen, Horstmanns Beziehungen zum Chef empfindlich zu stören. Und das durfte nicht sein.

Horstmann holte die Aktentasche mit den Tötungsutensilien aus dem Keller. Er dachte sehr klar. Es würde nicht allzu schwierig sein, denn Binder bedeutete ihm nichts. Er war nur ein Hindernis auf dem Weg in eine persönliche Freiheit, und Hindernisse wollte er ja beseitigen. Binder erschien ihm plötzlich wie einer jener amerikanischen Kiefernfresser. Man musste sie vernichten. Er wird dafür bezahlen, dass er versucht hat, mich in die Zange zu nehmen.

Horstmann fuhr in die Fabrik, er hatte genau überlegt, was er wollte. Und er wusste genau, wie er es zu tun hatte. Es war einfach. Er parkte nicht am Haupttor, sondern ließ den

Wagen drei Straßenzüge weiter in einem Hinterhof stehen. Dann ging er zum Bahnanschluss der Fabrik. Dort gab es ein kleines Tor, das immer geöffnet war, um den Eisenbahnern die Möglichkeit zu lassen, ihre Waggons zu jeder Zeit an die Verladerampe zu dirigieren. Das Tor konnte unbesorgt offengelassen werden, denn zwischen dieser Anlage und dem Fabrikationstrakt waren sechs Stahltüren eingebaut, die alle fest verschlossen waren. Zu einer besaß Horstmann den Schlüssel. Einen solchen Schlüssel hatte auch Ocker, einen solchen Schlüssel hatte auch Binder. Es waren vielleicht etwa zehn bis fünfzehn Leute – die wichtigsten nur – die einen solchen Schlüssel hatten.

Die Frage war: Würde Binder diesen Seiteneingang benutzen? War das eigentlich wichtig? Horstmann entschied, dass es nicht wichtig war. Aber es würde immerhin erheblich besser sein, wenn Binder durch das Hauptportal am Nachtwächter vorbeiging. Denn der wusste nicht, dass Horstmann im Haus war. Für den Nachtwächter war Binder allein im Haus.

Horstmann schaltete kein Licht ein. Das war auch nicht nötig, denn der Morgen kam herauf wie ein verschlafener Pennbruder. Horstmann nahm seinen Telefonapparat und setzte sich auf den Tisch am Fenster. Er wählte Binders Privatnummer. War Binder verheiratet? Hatte er Kinder? Wo wohnte er?

»Ja? Bitte? Horstmann hier. Sind Sie es, Herr Binder?«

»Ja«, sagte Binder. »Was wollen Sie?«

»Ich bin immer noch im Betrieb. Ich habe mir die Sache überlegt. Können Sie kommen?« Er durfte es nicht zu einfach machen.

»Wieso jetzt?«

»Es ist jetzt besser«, sagte Horstmann. »Und bringen Sie das Geld mit.«

Binder antwortete eine Weile nicht. Dann lachte er. Das Lachen klang nicht mehr so verkniffen, Binder wirkte befreit.
»Ich habe doch das Geld nicht im Haus.«

»Wenn Sie es nicht im Haus haben, brauchen Sie nicht zu kommen«, sagte Horstmann knapp. Er war der festen Überzeugung, dass Binder das Geld irgendwo parat hatte. Dies war nichts als ein Geschäft. Und Horstmann konnte sich nicht vorstellen, dass Binder nicht flüssig genug war, um das Geschäft sofort und an allen Orten abzuwickeln.

»Ich werde sehen«, sagte Binder.

»Sie werden nicht sehen«, sagte Horstmann. »Sie bringen das Geld mit. Irgend jemand hat Sie auf mich gehetzt. Wenn Sie erfolglos sind, wäre das peinlich für Sie. Sind es Tausendmarkscheine?«

»Ja«, sagte Binder. »Sie können ganz beruhigt sein. Die Scheine sind alt. Geldscheinnummern werden nur notiert, wenn sie frisch die Landesbank oder die Bundesbank verlassen. Hinterher wechseln sie schnell die Besitzer.«

»Das hoffe ich für Sie«, sagte Horstmann. Er fand, dass das zu bedrohlich klang und setzte hinzu: »Es könnte schließlich sein, dass Sie mein Wissen noch einmal gebrauchen.«

»Das könnte sein«, gab Binder zu. »Ich komme gleich.«

»Kommen Sie so, dass ich Sie sehe«, sagte Horstmann. Binder sollte am Haupttor parken. »Haben Sie eine Pistole?«

»Nein«, sagte Binder verblüfft.

»Wozu denn?«

»Es war nur eine Frage. Ich kenne schließlich Ihr Gewerbe nicht.«

»Es ist lautlos«, sagte Binder, »lautlos und diskret.«

Im Frankfurter Telefonbuch gab es sehr viele Binder. Horstmann wusste nicht einmal den Vornamen. Er hatte nur die Möglichkeit, die Telefonnummer auf dem Firmenverzeichnis mit den Nummern im Telefonbuch zu vergleichen. Das erforderte einige Minuten. Binder wohnte ungefähr zwanzig Minuten entfernt.

Horstmann zog Gummihandschuhe über, zog einen Laborkittel an und brachte den Sterilisator in Gang. Dann zog er die Schuhe aus und zog sich Filzlatschen an, die sie immer benutzten, wenn sie mit kleinsten Mengen operierten und Erschütterungen vermeiden mussten. Er machte das alles mechanisch. Man konnte Binder zwar kaum eine »kleine Menge« nennen, aber da gab es einen anderen Faktor: die Polizei. Horstmann war Chemiker, und er wusste mehr über die Polizei als normale Sterbliche. Zwar hatte er nie mit der Polizei zu tun gehabt, aber eine moderne Kriminalpolizei war ohne Hilfe der Chemie undenkbar. Deshalb wusste Horstmann so viel.

Er wusste, dass die Polizei mit Mikrospuren arbeitete, die eindeutig bewiesen, dass ein bestimmter Gummihandschuh ein bestimmtes Jackett berührt hatte. Deshalb der Sterilisator. Er wusste auch, dass er peinlichst vermeiden musste, Binder zu Boden fallen zu lassen. Mikrostoffe blieben selbst auf diesen eklig blanken Steinböden zurück. Er wusste auch so viel, dass es gefährlich war, dieses Labor hinterher aufzuräumen oder gar mit einem Waschlappen auszuwischen. Auch das würden die Mikrospuren eindeutig beweisen.

»Es ist fatal«, sagte er halblaut, »wir haben den Polizisten so viele wissenschaftliche Möglichkeiten in die Hand gegeben, dass es mir fast leid tut. Aber ich bin Chemiker, das ist gut so.«

Fünf Minuten vor der berechneten Zeit zog er seine Gasmaske über und nahm die Spraydose in die Hand. Er wusste genau, welchen Weg Binder nehmen würde, wenn er durch das Hauptportal kam. Welchen Weg er nehmen würde, wenn er durch den Seiteneingang kam, war ungewiss. Aber inzwischen war Horstmann der festen Überzeugung, dass Binder den Haupteingang benutzen würde. Er würde es schon deswegen tun, weil der Nachtwächter ihn dann eindeutig sehen konnte. Binder sicherte sich eben auf seine Weise.

13. Kapitel

Binder stoppte seinen Mercedes vor dem Werktor, ließ es sich öffnen und fuhr grüßend an dem Pförtner vorbei zum Parkplatz. Er stieg aus und verschwand hinter dem Verwaltungsgebäude. Horstmann wusste jetzt, wie Binder vorgehen würde. Es war nicht schwierig, sich in die Lage dieses Mannes zu versetzen. Binder würde zunächst in sein Büro gehen und das Licht einschalten. Der Pförtner musste sehen, dass er in seinem Büro angekommen war. Dann würde er sein Zimmer wieder verlassen und den geraden Weg durch den Verbindungstrakt zu den Labors nehmen. Dabei hinterließ er Mikrospuren, aber die würde man nicht entdecken. Man würde nicht danach suchen.

Horstmann stellte sich hinter die Tür.

Zum erstenmal gebrauchte er in seinen Gedanken das Substantiv »Mord«. Diese klare Bezeichnung hatte er bisher vermieden. Nun verdrängte er sie nicht mehr.

Er zählte die Sekunden.

»Verdammt«, hörte er Binder sagen, »warum ist es hier so dunkel?« Die Tür wurde aufgestoßen. Binder wollte das Licht anknipsen, aber Horstmann mit der grotesk unheimlichen Gasmaske war schon vor ihm und drückte auf den Knopf der Spraydose. Er sprühte in den weit offenen Mund Binders.

Binder gurgelte. Das dauerte nur etwa fünf Sekunden, dann klappten seine Arme nach oben, sein Gesicht verzog sich, alles an diesem Gesicht wurde faltig und blass. Binder begann zu fallen.

»Aber nicht doch«, sagte Horstmann und ließ den Körper Binders über seine rechte Schulter kippen. Er wunderte sich, wie schwer ein so relativ kleiner Mann sein konnte. Noch nie war ihm der Weg hinüber in Binders Büro so lang vorgekommen.

Er stellte den Toten aufrecht hin und ließ ihn dann wie einen geplatzten Ballon in sich zusammensinken. Nichts sollte so aussehen, als habe Binder vor seinem überraschenden Herztod noch etwas unternehmen können. Er lag in der Mitte des Raumes. Ziemlich genau in der Mitte. Horstmann überlegte. Wie war Binder dahin gekommen, wenn es ein Herzschlag war? Und es war ja ein Herzschlag. Horstmann nahm Binders Stuhl vor dem Schreibtisch und kippte ihn um. Er legte ihn nicht um, er kippte ihn um. Das Holz musste ein wenig über den Boden schliddern. Das konnte wichtig sein.

Horstmann sah sich um, und er ließ sich Zeit dabei. Wo hat Binder das Geld? fragte er sich. Zweihundert Tausendmarkscheine sind kein Pappenstiel. Was hättest du an Binders Stelle gemacht? Was trug Binder, als er aus dem Wagen stieg? Einen Mantel. Wo war der Mantel?

Er sah den Mantel an einem Kleiderhaken hängen. Das Geld war darin. Binder hatte es in vier Taschen untergebracht. Es war nicht so umfangreich, wie Horstmann geglaubt hatte. Zweihundert Tausendmarkscheine waren eigentlich ein dürftiges Paket. Wenn man sie aufeinander legte, waren sie exakt so dick wie ein Buch von zweihundert Seiten.

Er nahm das Geld und ging zurück in sein Labor. Das Licht ließ Horstmann brennen. Es war gefährlich, das Licht zu löschen. Der Nachtwächter konnte beobachten, wie es gelöscht wurde, und möglicherweise würde er nachsehen kommen, warum Binder nicht wieder auf dem Parkplatz auftauchte.

Horstmann dachte: Es ist gut, dass ich alles vorher geplant habe. Ein Plan ist immer gut. Wenn ich nicht geplant hätte, stünde ich jetzt hier mit einem Toten auf dem Hals.

Er nahm aus seiner Aktentasche ein paar Schuhe, einen Anzug, ein Hemd und neue Unterwäsche. Er hatte nicht einmal die Strümpfe vergessen. Als er nackt auf den kalten Steinfliesen stand, lachte er. Nach den Vorstellungen der Polizei müsste ich jetzt die Sachen, in denen ich ihn getötet habe, vernichten. Aber den Gefallen werde ich der Polizei nicht tun. Er hängte die alten Dinge sorgfältig in seinen Kleiderschrank. Dann sprühte er einige Chemikalien darauf. Er tat das ganz wahllos. Nur die Unterwäsche, die Schuhe und den Laborkittel steckte er in seine Aktentasche. Dann zog er die neuen Sachen an und zupfte sich zuletzt die Gummihandschuhe von den Händen. Er warf sie in den Sterilisator, den er abstellte. In ein paar Minuten würden die Handschuhe keimfrei sein.

Die Geldscheine steckte er in seine Brieftasche. Er würde später Zeit haben, darüber nachzudenken, was damit geschehen sollte.

Er ging denselben Weg wieder zurück, wobei er einen kleinen Umweg machte. Er warf die Schuhe, an denen die Polizei mit Sicherheit feststellen konnte, dass er in Binders Zimmer gewesen war, in die Elektroöfen. Und auch die Unterwäsche und den Laborkittel warf er hinein. Die Unterwäsche deshalb, weil bei einer eventuellen Untersuchung ein merkwürdiges Licht auf die Tatsache fallen konnte, dass er gebrauchte Unterwäsche in seinem Kleiderschrank im Labor aufbewahrte. Die Elektroöfen brannten ständig bei einer Temperatur von ungefähr zweitausend Grad. In zwei Stunden würde kein Chemiker der Welt mehr nachweisen können, dass er ein paar Schuhe und Unterwäsche dort hineingeworfen hatte.

Es war unglaublich leicht gewesen.

Als er über die Schienen des Bundesbahnanschlusses ging, fiel ihm etwas ein, an das er bisher nicht gedacht hatte. Führte Binder vielleicht ein Tagebuch? Wohl kaum. Aber hatte er das Telefongespräch mit ihm – Horstmann – auf ein Tonband aufgenommen? Und wo war das erste Tonband, das Binder besaß?

Betroffen blieb Horstmann stehen. Dann drehte er sich um und ging schnell zurück. Er fuhr mit dem Aufzug im Verwaltungsgebäude hoch und lief in Binders Arbeitszimmer. Er fand das Tonband in einem kleinen Recorder. Er spielte einige Sekunden ab. Er hörte sich selbst sagen: »Möglich. Durchaus möglich. Wahrscheinlich könnte man sogar mehr verlangen.«

Binder antwortete: »Vielleicht überlegen Sie sich die Sache doch einmal.«

Auch das Tonband warf er in einen der Öfen.

Um 6.30 Uhr war er wieder zu Hause. Er setzte sich in den Keller, und er war wie benommen. Es war kein unangenehmes Gefühl. Er dachte: Binder hätte nicht versuchen sollen, es mit mir aufzunehmen.

»Hockst du hier etwa die ganze Zeit?« Maria kam die Kellertreppe hinunter. Sie gab sich selbst die Antwort. »Ach nein, ich habe ja den Wagen gehört.«

»Ich bin ein wenig spazieren gefahren«, sagte Horstmann gleichmütig. »Ich wäre dir dankbar für einen Kaffee und zwei weichgekochte Eier. Heute bleibe ich zu Hause, weil ich das Gutachten über die Kiefernfresser ausarbeiten muss.«

»Fein«, sagte Maria. Es passte ziemlich gut in ihr Konzept. Sie würde ihn also für sich allein haben.

Gegen neun Uhr rief Horstmann im Betrieb an. Er ließ sich entschuldigen. Gegen zehn Uhr rief Ocker an. »Na, du Faulenzer?«

»Faulenzer ist gut. Ich schreibe das Gutachten über die Kiefernfresser.«

»Ich weiß«, sagte Ocker beruhigend. »Du kannst niemals faulenzen. Habt ihr Lust, heute Abend Canasta zu spielen?«

»Eine gute Idee. Ruf mich an, wenn du zu Hause bist.«

»In Ordnung. Übrigens, hast du schon gehört? Wir haben einen schmerzlichen Verlust zu beklagen. Binder ist tot.«

»Wer ist Binder?«

»Du Trottel«, sagte Ocker, »Binder, unser Finanzchef.«

»Ach ja«, sagte Horstmann, scheinbar uninteressiert. »Hat er zu viel gesoffen?«

»Keine Ahnung. Er ist heute ziemlich früh ins Büro gekommen. Und da hat es ihn erwischt. Glatt und schmerzlos. Das Herz, sagt der Arzt.«

»Requiescat in pace!«, sagte Horstmann. »Ruf mich an wegen heute Abend.«

»Mach ich.«

Horstmann dachte einen Augenblick daran, Karin anzurufen. Aber es würde besser sein, einfach in ihr Lokal zu fahren. Irgendwann in den nächsten Tagen. Er ging zurück in den Keller und arbeitete konzentriert, bis Maria zum Mittagessen rief. Danach setzte er sich auf die Terrasse und fragte sich, wie es möglich sei, so leicht zu töten, ohne Gewissensbisse zu empfinden. Er empfand einfach keine. Und er erkannte offenbar auch nicht, dass er sich schon längst in einer Sackgasse befand, aus der es früher oder später kein Entrinnen mehr geben würde. Er hatte aufgehört, logisch zu denken.

Sabine kam heraus. »Mama ist so verändert«, sagte sie. »So fröhlich. Sie sagt, du hättest Sorgen, und gleichzeitig ist sie fröhlich.«

»Kenn' sich einer bei den Weibern aus.«

»Hast du etwas dagegen, wenn Jo und ich uns verloben?«, fragte Sabine beiläufig.

»Ist das nicht ein bisschen früh?« Es war angenehm auf der Terrasse.

»Vielleicht«, räumte sie ein.

»Überlegt es euch«, sagte er. »Und dann möchte ich den Herrn kennen lernen.«

»Hier?«

»Hier«, sagte Horstmann.

Sie lief aus dem Haus, mächtig aufgeregt. Er hörte sie mit ihrer Mutter reden und lachen.

»Maria«, rief er.

Sie kam heraus und setzte sich so, dass ihr die Sonne nicht ins Gesicht schien. »Was ist?«

»Ich möchte mit dir sprechen. Am besten gehen wir ins Labor.«

»Wie gut, das wollte ich auch«, sagte sie und ließ ihn dabei nicht aus den Augen. »Ich habe eben mit Ockers Frau telefoniert. Binder ist tot.«

»Ja, ich weiß.« Er erhob sich und ging an ihr vorbei zur Kellertür, »Ocker hat es mir heute früh schon erzählt.«

Sie folgte ihm. »Er starb heute morgen an einem Herzanfall im Büro. Irgendwann um fünf. Ich kann ja verstehen, dass ihr bei bestimmten Versuchsreihen nicht unterbrechen könnt und die ganze Nacht im Betrieb bleibt. Aber dieser Binder war doch der Finanzchef, nicht wahr?«

»Ja.« Er setzte sich und schob ihr einen Stuhl hin. »Ich möchte mit dir über die Zukunft sprechen.«

»Du hast mir erzählt, dass er dich erpresst hat«, sagte sie, während sie sich setzte.

Wieder beging Horstmann einen großen Fehler. »Hör auf damit«, sagte er. »Das ist doch langweilig. Binder ist tot.«

»Gestern Abend wärst du bei dieser Nachricht vor Aufregung und Freude an die Decke gehüpft«, bemerkte sie. »Ich dachte mir das.«

»Was dachtest du dir?«

»Dein Verhalten verblüfft mich nicht«, sagte seine Frau. »Erst bekommst du hunderttausend Mark, dann wirst du erpresst, dann machst du dir nichts mehr daraus. Weder aus dem Geld noch aus der Erpressung. Ich kann mir denken, warum.«

Das war ungeheuerlich. An welchem Punkt hatte er einen Fehler gemacht? »Ich verstehe nicht.«

»Aber es ist doch einfach«, sagte sie wie eine Lehrerin, die einem sehr begriffsstutzigen Schüler etwas beibringen muss.

»Du erfindest den Stoff, dann bekommst du als Belohnung hunderttausend Mark. Davon sollte ich nichts wissen. Dann wirst du erpresst. Davon sollte ich natürlich auch nichts wissen. Aber du hast es mir gesagt, weil du niemanden hast, mit dem du sprechen kannst. Dann hast du mit einer anderen Frau geschlafen. Das sollte ich auch nicht wissen. Aber Frauen merken so etwas. Wenigstens eine Frau wie ich, die ständig damit rechnet. Und während alle diese Dinge geschehen, verlässt du uns, das heißt, dein Herz verlässt uns. Dass der Junge verschwindet, regt dich nicht sonderlich auf, dass Sabine mit Jungen schläft, auch nicht. Das passt doch alles zusammen. Und nun ist Binder tot.«

»Das sind doch Theorien«, sagte er lahm.

»Du kannst mir nichts vormachen«, fuhr sie unbeirrt fort. »Nicht umsonst bin ich zwanzig Jahre mit dir verheiratet, und ich habe nicht verlernt zu überlegen. Erstens: Du bekommst hunderttausend Mark. Von wem? Natürlich vom Finanzchef. Zweitens: Du wirst erpresst. Von wem? Vom Finanzchef, der vermutlich weiß, warum du das Geld bekommen hast. Drittens: Du gehst morgens um vier Uhr aus dem Haus. Du bist kein Mann, der in Bars geht. Du bist auch kein Mann, der stundenlang grübelnd durch die Gegend fährt. Du gehst also in den Betrieb. Und seltsamerweise ist dieser Binder auch da, obwohl ein Mann wie er um diese Zeit nichts im Büro verloren hat. Hattest du ihn dort hinbestellt?«

Horstmann schluckte trocken. Er hatte Binder getötet. Jetzt erwies sich das als falsch. Binder war nicht so gefährlich gewesen. Gefährlich war Maria, seine Frau. Sie kannte ihn zu genau. Er lächelte unsicher. »Das ist doch alles Unsinn.«

»Du brauchst dir keine Sorgen zu machen«, sagte Maria. »Ich bin ja da. Ich war doch immer da, nicht wahr?«

»Aber es stimmt nicht, was du sagst«, versuchte er sie abzuwehren.

Sie sah ihn nur an, und sie wusste, dass sie recht hatte. Es konnte gar keine andere Erklärung geben. Sie wusste zwar nicht, wie er diesen Binder getötet hatte, aber es gab so unendlich viele Stoffe, die spurlos verschwanden. So unendlich viele. Die forensische Toxikologie kam einfach nicht nach. »Hoffentlich hat keiner deinen Wagen gesehen, als du heute morgen in die Firma gefahren bist.«

»Du bist wahnsinnig«, brüllte Horstmann, den die Nerven verließen.

»Schrei bitte nicht. Wir müssen jetzt überlegen, was wir tun können.«

»Verdammt, hör endlich auf! Ich verstehe überhaupt nicht, was du willst!«

»Dich«, sagte sie schlicht. »Dich will ich. Deshalb werde ich dir helfen.«

»Wobei?«

»Bei allem, was jetzt auf dich zukommt. Ich könnte mir vorstellen, dass man dich verdächtigen wird.«

»Und wer sollte das tun?«

»Die Polizei natürlich. Aber niemand soll dir etwas tun. Und ich will auch nicht, dass man mir etwas tut. Ich habe nur dieses Leben, und ich will das Beste daraus machen. Aber hör genau zu: Wenn du dir nicht helfen lässt, wenn du immer noch die Absicht hast, uns zu verlassen, gehe ich zur Polizei!«

»Was wirst du tun?« Er starrte sie mit aufgerissenen Augen an.

»Ich gehe zur Polizei«, wiederholte sie.

»Du musst verrückt sein«, flüsterte er. Dann stand er auf. stieg mit steifen Beinen die Kellertreppe hinauf und verließ wenig später das Haus.

Langsam ging er durch die Siedlung, in der er bisher gern gewohnt hatte. Die Häuser hatten je vierhundert Quadratmeter Garten, und jeder Besitzer gab sich große Mühe, seinen Garten zu pflegen. Es war sehr still. Man konnte nachdenken. Und – dies war das Wichtigste – man kannte einander kaum. Hin und wieder traf man sich und grüßte freundlich. Oder man verschoss in der Silvesternacht die Pflichtrakete und rief einander über den Zaun »Prosit Neujahr!« zu. Im übrigen war man allein. Horstmann dachte: Es ist so einfach, einen Mann wie Binder zu töten. Aber es ist unmöglich, eine Frau wie Maria auszuschalten. Wie sollte man das auch tun? Ich bin zwanzig Jahre mit ihr verheiratet. Ich habe geschuftet wie ein Verrückter. Ich bin Vater, Hausbesitzer, Forscher. Aber Ehemann bin ich nicht.

Dann fiel ihm ein, dass er in seiner Brieftasche nach wie vor zweihunderttausend Mark mit sich herumtrug. Er besaß jetzt also im ganzen dreihunderttausend Mark, ein Vermögen. Es war wichtig, es gut zu verstecken. Er versuchte zu überlegen, wo er es verstecken könnte, aber dann irrten seine Gedanken wieder ab.

Maria ahnte also, dass er Binder getötet hatte. Doch sie würde es nicht beweisen können. Sie hatte zwar gedroht, zur Polizei zu gehen. Aber das würde sie niemals tun. Niemals würde sie auf das Revier laufen und sagen: »Mein Mann hat Binder umgebracht!« Das war undenkbar. Ich kann getrost diese zweihunderttausend Mark verwetten, dass sie es nicht tut, dachte er. Das bringt sie nicht fertig.

Horstmann ging weiter. Ich werde das Geld in der Brieftasche lassen, überlegte er. Irgendwann, in einigen Wochen, werde ich wegfahren und das Geld irgendwo unterbringen. Vielleicht in Belgien. Belgien soll verschwiegen sein. Oder in der Schweiz. Das ist jetzt kein Problem. Abgesehen von Maria, die alles nur ahnt, bin ich ziemlich perfekt gewesen. Gut, sie hat mit der Polizei gedroht, aber sie wird nicht zur Polizei gehen. Doch was will sie eigentlich?

Horstmann blieb stehen und starrte hinüber auf die Hauptstraße. Es dauerte nicht lange, bis er es gefunden hatte. Die Erkenntnis war schmerzhaft. Sie will dich, Horstmann, dachte er entsetzt, sie will dich mit Haut und Haaren. Hast du es endlich begriffen?

Nein, sie würde niemals zur Polizei laufen. Aber sie würde immer neben ihm stehen und ihn stets und gnadenlos daran erinnern, dass er Binder ermordet hatte. Sie würde wie sein Schatten, nein, besser wie sein Gewissen neben ihm herlaufen, immer bereit, darauf hinzuweisen, dass sie auch diese Schweinerei mit ihm durchgefochten hatte. Sie würde ihm niemals glauben, wenn er beteuerte, Binder nicht getötet zu haben. Sie würde den Gedanken, er sei ein Mörder, hegen und pflegen, wie man ein hilfloses Kind pflegt. Sie war jetzt die Mutter seiner schweren Sünde. Jawohl, das war sie. Sie hatte endlich erreicht, was sie wollte. Sie war ein Teil seiner selbst.

»Das darf nicht sein«, stieß er hervor, »das ist doch unmöglich.« Gleich darauf sah er sich um, ob ihn jemand gehört hatte. Jetzt ging er schneller. Immer wird sie quälend eng an meiner Haut sitzen, dachte er weiter. Wenn ich irgendetwas unternehme, was ihr nicht gefällt, wird sie Binder erwähnen. Niemals werde ich frei sein von ihr. Das kann ich nicht hinnehmen. Ich kann auch nicht warten, bis ihr Herz mir die Gnade erweist, nicht mehr zu schlagen. Ich muss etwas tun. Jetzt.

Kannst du sie töten?

Horstmann stieß mit der Schuhspitze einen kleinen, trockenen Zweig vor sich her. Das war eine schwierige Frage, doch er brauchte nicht lange, sie zu beantworten.

Ich glaube, ich kann sie töten, dachte er. Technisch ist es einfach. Ich setze mich in den Keller vor das Mikroskop. Ich habe nur die Lampe am Objektträger des Mikroskops eingeschaltet. Ich rufe sie. Sie kommt herunter und an den Tisch. Ich sprühe ihr das Mittel direkt in das Gesicht und stoße sie zurück, Sie wird ungefähr zwischen der Tür und der Treppe nach oben liegen, wenn der Arzt kommt.

Ich kann so nicht mehr weiterleben. Ich kann nicht dauernd neben ihr her leben, wenn sie weiß, dass ich Binder umgebracht habe, und wenn sie eines Tages in einem hysterischen Anfall davon zu kreischen beginnt. Ich kann mit diesem Gedanken nicht leben, der eigentlich ihr Gedanke ist.

Ich kann sie töten.

Es ist nur die Frage, wann ich es tun soll.

Horstmann ging jetzt sehr schnell. Er dachte: Ich tue es jetzt sofort. Ich kann mir großartige Überlegungen einfach nicht mehr leisten, ich tue es sofort.

Und so geschah es.

ENDE

Jacques Berndorf
DER BÄR
Taschenbuch, 216 Seiten
ISBN 978-3-940077-02-8
9,50 EURO

Es ist Sommer in der Eifel, und Siggi Baumeister wird mit einem Kriminalfall der besonderen Art betraut: Die Studentin Tessa Schmitz hat sich in den Kopf gesetzt, einen Täter zu überführen, der vor nicht weniger als 111 Jahren zwischen Gerolstein und Daun einen fahrenden Händler erschlagen hat. Die alten Leute aus der Eifel erinnern sich noch erstaunlich deutlich an die Erzählungen von Tutut, dem ermordeten Zigeuner.

Dieser Tutut, so fügen Baumeister und seine Mitstreiter Rodenstock und Emma das Puzzle Stück für Stück zusammen, war kein Händler, sondern er verrichtete Botendienste und zog mit einem leibhaftigen Bären über die Märkte. Und dieser Bär verschwand am Tag der Untat für immer im Eifelwald.

Warum musste Tutut sterben? Was hatte sein Schicksal mit dem der Auswanderer zu tun, die damals zu Hunderten die arme Eifel verließen und nach Amerika fuhren?

»Für Fans ist dieser „verlorene" Roman ein Muss.« (Trierischer Volksfreund zu REQUIEM FÜR EINEN HENKER)

Carola Clasen
MORD IM
EIFEL-EXPRESS
Taschenbuch, 264 Seiten
ISBN 978-3-940077-41-7
9,50 EURO

Jeden Tag rollt der RE 22 von Köln-Hauptbahnhof in die Eifel und wieder zurück. Für viele Menschen ist der Zug die einzige Möglichkeit, zum Arbeitsplatz zu kommen.

Auch für Sonja Senger, ausrangierte Hauptkommissarin. Nach einigen Jahren als Privatdetektivin in der Nordeifel erhält sie eine zweite Chance im Kriminalkommissariat Euskirchen. Aber ihr alter Wagen schafft die Strecke von Wolfgarten in die Kreisstadt nicht mehr. Sonja nimmt den Zug.

Genauso wie der alte Nowak aus Dahlem. Er hat alles verloren: sein Zuhause, seine Frau Beate, den Kontakt zu seinem Sohn Niklas und jeden Lebensmut. Zurückgezogen lebt er auf dem Hof von Schwester und Schwager und wartet darauf, dass wenigstens seine Frau zu ihm zurückkommt.

Als eines Tages sein Sohn wieder auftaucht, kommt er nicht, um sich mit seinem Vater zu versöhnen, sondern um Rache zu nehmen – Rache an Dr. Gero Warenka, dem Mann, der seine Familie zerstört hat. Und auch Dr. Warenka nimmt den Eifel-Express...

»Knisternde Spannung, Witz und auch eine gehörige Portion Melancholie...«
(Kölner Stadt-Anzeiger)

Ralf Kramp
EIN KALTES HAUS
Taschenbuch, 285 Seiten
ISBN 978-3-937001-09-8
9,50 EURO

Drei alte Leute kehren zurück.

Zurück an den Ort in der Eifel, in der sie einst ihre Jugend verbracht haben. Zurück in das kleine Dorf an der Ahr, in das alte Hotel am Waldrand. Sie haben einen Hilferuf aus der Vergangenheit erhalten.

Vor vielen Jahren haben sie sich feierlich geschworen, den jungen Mann zu beschützen, der hier im Dorf zurückgeblieben ist. Doch jetzt sieht es so aus, als kämen sie zu spät ...

»Eine spannende Spurensuche, die in eine düstere Geschichte führt. Kramp versteht es wieder einmal, mit nur wenigen Sätzen Atmosphäre zu erzeugen.«
(Kölner Stadt-Anzeiger)

Erika Kroell
IRRE
Taschenbuch, 240 Seiten
ISBN 978-3-940077-05-9
9,50 EURO

In einer geschlossenen Anstalt treffen drei höchst ungewöhnliche Menschen aufeinander: Carla, die von ihren erwachsenen Kindern „überredet" wurde, sich einige Zeit zu erholen, Paul, der manisch die skurrilen Geschichten der anderen Patienten zum Besten gibt, und Ellen, die nichts anderes tut, als zu lächeln und zu schweigen.

Im Laufe ihrer Unterhaltungen entfalten sich die bizarren Geheimnisse der drei: Paul bewahrt seine Geschichte bis zum Schluss. Stattdessen erzählt er die Geschichte von Ellen, die mit einem untreuen Ehemann und einem drogensüchtigen Bruder zusammenlebte, bis schreckliche Ereignisse in ihrem Leben sie in die Anstalt brachten; Carla offenbart ihre eigene Geschichte von ihrer übergroßen Leidenschaft für das Weihnachtsfest, die ihre Familie leider nicht teilt – mit fatalen Folgen.

Ein ungewöhnlicher Kriminalroman mit überraschenden Erzählperspektiven, der seine Leser bis zum bittersüßen Ende fesselt.

»Sehr empfehlenswert!« (Heidelberg aktuell zu »DUNKLE SCHWESTERN«)

Manfred Reuter
FLUCHTWUNDEN
Taschenbuch, 216 Seiten
ISBN 978-3-940077-29-5
9,50 EURO

Ein Verkehrsunfall, wie er täglich geschieht — eine Katastrophe, in deren Verlauf drei Menschen ihr Leben lassen. Der Fahrer, der diese Tragödie verursacht hat, sucht das Weite, und wenig später beginnt Kommissar Gerhard Faust mitten in dem Trümmerfeld aus Scherben, Stahl und Kleidungsfetzen mit seinen langwierigen Ermittlungen. Die Fahndung konzentriert sich schnell auf einen Porsche-Boxster mit Stuttgarter Kennzeichen.

Die erfolgreiche junge Popsängerin Kathi hat mit ihrem silbernen Sportwagen unerkannt vom Unfallort fliehen können, aber die verdrängte Katastrophe treibt sie nun erneut in die Fänge eines fast vergessenen Symptoms: Sie ritzt. Denn Blut und Schmerz holen den Kummer, glaubt Kathi. Dann lernt sie den Journalisten Paul kennen. Nachdem dieser infolge eines schweren Verkehrsunfalls Frau und Söhne verloren hat, sehnt er sich nach Liebe. Während sich Soko-Chef Gerhard Faust den Kopf zerbricht und nicht nur in der Eifel, sondern in ganz Europa ermittelt, entspinnt sich zwischen Kathi und Paul eine unfassbare Liaison.

»Manfred Reuter erzählt brillante Geschichten, behutsam, eindringlich, leise — weit über die Eifel hinaus.« (Jacques Berndorf)

Harry Luck
DAS LÄCHELN DER
LANDRÄTIN
Taschenbuch, 237 Seiten
ISBN 978-3-940077-23-3
9,50 EURO

„Gegen jeden gibt es irgendetwas." Und nach zwei Sekunden Stille ergänzte er: „Und es geht nichts über ein sorgfältig gepflegtes Archiv, Herr Staatsminister."
Eine bayrische Landrätin gerät in die Schlagzeilen — nicht wegen ihrer Politik, sondern wegen pikanter Fotos, die in einer Zeitung erscheinen und den Eindruck nahe legen, die populäre Politikerin habe eine Vergangenheit im Rotlichtmilieu. Handelt es sich um eine Intrige des politischen Gegners, um mit gefälschten Bildern ihre Kandidatur zur Ministerpräsidentin zu verhindern?
Dann stirbt der Büroleiter des designierten Regierungschefs auf mysteriöse Weise. Über ihn wurde schon lange kolportiert, dass er diskreditierendes Material über zahlreiche Personen des öffentlichen Lebens gesammelt hat. Auch über den Münchner Lokalreporter Frank Litzka gibt es ein Dossier — und in Litzkas Redaktion einen überraschenden Todesfall: Für den verhassten Chefredakteur Lohmann wird jetzt ein Nachfolger gesucht.

»Ein absoluter Spannungskünstler ist der Krimiautor Harry Luck.«
(Bayrischer Rundfunk)

Die Krimi-Cops
STÜCKWERK
Taschenbuch, 300 Seiten
ISBN 978-3-940077-19-6
9,50 EURO

Kriminalhauptkommissar Pit „Struller" Struhlmann ist sauer. Ausgerechnet im Zuständigkeitsbereich der Düsseldorfer Mordkommission werden plötzlich über die ganze Stadt verteilt Leichenteile gefunden. Das ist doch keine professionelle Arbeit!
Und ausgerechnet jetzt teilt man ihm Christian Jensen, einen Praktikanten der Duisburger Fachhochschule zu. Praktikanten können nichts, stehen im Weg rum und wissen alles besser.
Ihre Ermittlungen führen das ungleiche Paar in die schicken Beauty-Salons der Königsallee, zur Schönen Aussicht in Grafenberg, durch schmuddelige Hinterhöfe in Flingern, zur LADY PIA, ja sogar bis in die tiefsten, verstecktesten Winkel des Polizeipräsidiums.
Nach und nach bringen sie Ordnung ins Gewirr der Leichenteile, und Struller ist schon fast zufrieden.
Aber dann verschwindet ein bekannter Skandalreporter, und die beiden Ermittler müssen feststellen, dass einige der blutigen Puzzlestücke doch nicht so zusammenpassen, wie sie es sich vorgestellt hatten...

Diese schreibenden Cops aus Düsseldorf werden Kult, wetten?

Frauke Schuster
VERGELTET, WIE AUCH
SIE VERGALTEN
Taschenbuch, 407 Seiten
ISBN 978-3-940077-27-1
9,90 EURO

Eine brutale Mordserie erschüttert die abgelegene alte Benediktinerabtei in der Nähe von Ravenna.
Als Commissario Luca Manaro fieberhaft nach einem Motiv für die grauenvollen Taten sucht, stoßen er und sein deutscher Kollege Lasse auf eingeschüchterte Mönche, einen alttestamentarisch-strengen Abt und eine Mauer des Schweigens.
Je tiefer die Ermittler in die finsteren Geheimnisse der Klosterwelt eindringen, desto mehr scheinen sich die Fäden des Falls zu verwirren: Wohin geht der Mann, der sich regelmäßig nachts aus dem Kloster schleicht? Schießen die Gotchafanatiker, die in der finsteren Pineta hinter dem Kloster ihre martialischen Kampfspiele abhalten, wirklich nur mit Farbmunition? Und wer veranstaltet das grausame Femegericht im Morgengrauen?
Als sich Luca und Lasse endlich kurz vor der Lösung des Falls wähnen, geraten sie plötzlich selbst ins Visier des skrupellosen Mörders — und zugleich in eine schier ausweglose Situation!

»Frauke Schuster beweist einmal mehr, dass sie ihre Leserschaft gnadenlos in den Bann zieht.« (Mittelbayerische Zeitung)